重获新生

一位渐冻人的过去、现在和未来

蒲文波 著

图书在版编目（CIP）数据

重获新生：一位渐冻人的过去、现在和未来 / 蒲文波著. --北京：华夏出版社有限公司，2023.8（2023.11重印）
ISBN 978-7-5222-0529-8

Ⅰ.①重… Ⅱ.①蒲… Ⅲ.①长篇小说—中国—当代 Ⅳ.①I247.5

中国国家版本馆CIP数据核字（2023）第135824号

重获新生：一位渐冻人的过去、现在和未来

作　　者	蒲文波
责任编辑	陈学英　罗　云
责任印制	周　然

出版发行	华夏出版社有限公司
经　　销	新华书店
印　　装	三河市万龙印装有限公司
版　　次	2023年8月北京第1版 2023年11月北京第3次印刷
开　　本	880mm×1230mm　1/32
印　　张	10.375
字　　数	176千字
定　　价	58.00元

华夏出版社有限公司　地址：北京市东直门外香河园北里4号
　　　　　　　　　　　邮编：100028　网址：www.hxph.com.cn
　　　　　　　　　　　电话：（010）64663331（转）
若发现本版图书有印装质量问题，请与我社营销中心联系调换。

序一
关注罕见病患者

亲爱的读者，我的朋友，以及全体关注罕见病问题的人：

很荣幸受邀为这本名为《重获新生》的书写序。这是一本讲述渐冻人蒲文波得"渐冻症"后经历的书籍，其中包含了对于罕见病的真实记录、对新生活的期待，以及对于生命不屈服的感悟。

多年来，作为一位专注于研制罕见病医疗设备的企业家，这一份事业不仅仅是我的职业，更是我的责任与使命，因为我有很多渐冻人朋友，我深刻地了解渐冻人所经历的各种困境和痛苦。同时，我也了解到，渐冻症和罕见病的治疗确实面临很多挑战。就算在现代医学高度发达的今天，针对罕见病进行的药物研究并不多，设备的研发和制造也难有飞跃性的突破，这些都是在这个领域里步履蹒跚的人们所面临的现实问题。

渐冻症是一种极其残酷的疾病，它蚕食了患者身体的每一个器官和机能，让患者无法控制自己的肌肉。它似乎把它的受害者从"活着"的生命中拉扯出来，并将他们带入不可逆转的深渊。

  在这目前还无法逆转的疾病面前，渐冻人展现了他们顽强的意志和生命力。他们没有放弃，也永远不曾放弃。他们在这场没有硝烟的战斗中，用自己特殊的方式，勇敢地面对疾病的侵袭。

  在我从业的近20年里，我见到了很多意志顽强和热爱生命的人们。其中不乏舍弃自己好日子来为他人服务的志愿者、不断探索新方案的医生、为生存挣扎却心怀梦想的罕见病患者……这是他们对于生活与未来的坚持，也是对于社会责任的担当。

  这本书的作者蒲文波先生也是这样的一个人。在渐冻症的漫长进程中，他的坚持和勇气是支撑着他前行的精神源泉，也是他传递给读者对于生命的重视和敬畏的力量。他的经历启示我们，活着才是珍贵和宝贵的。正如他自己所言：即使生命再短暂，也要尽可能地在每一天绽放！

  当然了，这个故事并不仅仅局限于一个人或者一个群体，它更多的是讲述人们在这个大时代里的生存方式和生命追求。我们不能忘记，这些疾病使得患者承受的不仅是身体上的折磨，还有那无形的、深深刺痛着的心理压力。

序一　关注罕见病患者

我们需要关注这个问题，更需要关注这些罕见病患者，透过这些故事去认识他们，并理解他们所面临的困难与不易。

在此，我要衷心感谢蒲文波先生，以及所有为罕见病患者付出辛勤努力的人们。也正是你们的大爱和关怀，才让这个世界变得更加美好。

吉林惠民康恩科技有限公司

薛洪艳

2023 年 5 月 25 日

序二
只要平凡

2023年5月26日，雨竹姐发来信息："有个渐冻人，写了一本书，想找关注和帮助渐冻人的人写个序，您或者推举谁写一个？书写得蛮好的。"雨竹姐是蒲公英渐冻人罕见病关爱中心（简称"蒲公英"）的骨干成员，她是渐冻症患者家属，也是活跃的志愿者，常年奔波于关爱渐冻人的路上。我们与蒲公英在渐冻人公益方面一直紧密合作。

我关注渐冻症始于2015年，起因只为救助一位年轻的渐冻症患者，随之而来的却是对既有认知的强烈冲击和心灵的巨大震撼。"渐冻症"，顾名思义，患者眼睁睁看着自己的肌体日渐"冰冻"而无能为力，从四肢到全身，最后只有眼睛可以动，但大脑一直清醒。这种极其痛苦且无奈的疾病，至今无药可治且相关医学研究进度缓慢，医护代价高昂，家人严重受累，致无数家庭倾家荡产。渐冻症属于世界公认的五大罕见病之一，社会关注度低，多数患者得不到社会关爱和救助。于是，由长江商学院EMBA24期5班学员发起，在长江商学院校方、广大校友及社会爱心人士的大力支持下，筹资设立了"又见桃花——长江渐冻人公益项目"，拍摄了国内第一部渐冻人公益题材的电影《又见桃花》，只是想"引起社会对渐冻症罕见病更多的关注，力所能及地为一部分患者提供帮助。我们帮不了所有人，但至少可以帮一小部分人"。8年来，我们曾举办"冰桶挑战"和各种形式的公益活动，或多或少地帮助过一些患者，每一场活动、每一次交流，都是对心灵的激荡洗涤、对生命的重新理解；同时，我们也接触了许多令人敬佩的患者和志愿者，如蒲公英的发起人晨雾（本名杨建林，渐冻症患者）、志愿者雨竹姐……他们不甘消沉、燃烧自己、奉献他人，他们生而不凡，是真正的英雄。

雨竹姐所说的渐冻人叫蒲文波，一个陌生的名字。带着略为沉重的心情，打开文波所著的电子版《重获新生》，惊诧与震撼扑面而来。

惊诧于文波的文笔，行云流水、信马由缰、风轻云淡、举重若轻、非花非雾、亦幻亦真……（想罗列更多辞藻，奈何词穷，却是真实的感受和评价）。如非博览群书、功底扎实，断难写出如此书稿，抑或是罹患疾病之后自我修行沉淀。其文字略带调侃与玩世不恭，绝望中不断滋生希望，理想与现实交

序二　只要平凡

织，痛苦与快乐并存，感情至真、文字至纯。如非知其磨难，恐难想象出自一位仅有二指能动的渐冻症患者之手。令人扼腕，亦不禁思忖，若文波痊愈，是否会成为文学匠人？

震撼于文波的坚韧和毅力，身体基本"冰冻"，仅靠二指，四年、七稿、十五万字，需要何等的勇气和付出？又是怎样的痛楚与煎熬？带着孤勇者的悲情与豪迈，倔强地展现着向死而生的渴望和执拗。我们都是凡人，贪生怕死是人之本性，面对重大病患乃至死亡，相信多数人都会失望、绝望甚至自暴自弃。文波没有回避曾经的消沉，而是痛定思痛后重新思考生命，再次追求人生价值，这是对自己的救赎、对父母亲人的慰藉，也是对二十万渐冻症患者莫大的鼓舞。我们相信，《重获新生》的出版发行，会对广大渐冻症患者产生积极的影响，亦会推动社会对渐冻症患者群体的关注，乃至促进罕见病公益事业的发展。

一如文波在《重获新生》中所期望的，科学在发展，医学在进步，诚愿在社会更多关注、关心与关爱下，渐冻症药物研究和治疗手段能早日实现突破，让渐冻人"解冻"，让千千万万家庭重归幸福……

不经意，我想起那首《只要平凡》，只是有些人，会生而

重获新生：一位渐冻人的过去、现在和未来

不凡。

……

在心碎中认清遗憾

生命漫长也短暂

跳动心脏长出藤蔓

愿为险而战

跌入灰暗坠入深渊

沾满泥土的脸

没有神的光环

握紧手中的平凡

此心此生无憾

生命的火已点燃

……

谢谢你，文波！加油！努力活着！

长江商学院 EMBA24 期 5 班

"又见桃花——长江渐冻人公益项目"全体成员

2023 年 6 月 2 日

序三
走向意义生命

阳康后第三天,我在复旦念书时的师兄马飞先生给我转发了蒲文波所著《重获新生》一书的电子稿。因该书即将付梓出版,马飞兄嘱咐我在图书正式出版前为该书作序。匆匆一读,不忍释手。沮丧、郁闷、焦虑、感动、感慨……掩卷之余,最多的、最大的企盼是希冀通过科技的进步来彻底战胜病魔,让普天之下的"渐冻人"重获新生!感念之余,作为与蒲文波在上海市军工路516号(上海理工大学校址)有着三年多时空交集的读者,愿略抒感怀,与更多读者分享。

我是2009年1月正式入职上海理工大学的,忽忽悠悠,不觉已过近15个年头了。文波是2008年秋季从西北高原的甘肃礼县考学至东海之滨的上海,入学上海理工大学机械设计本科专业的。在读期间,源于爱好,也源于其时行业对投资管理人才的海量需求,文波还辅修了管理学院的工商管理专业。这一选择也为文波后来的就业方向与就业岗位提供了教育背景支撑。本科主辅修、本科转专业的制度安排从何时起实施的,我不得而知。但这种尊重个性、尊重人性的制度安排的的确确惠及了太多的莘莘学子！毫无疑问，文波就是其中的受益者之一。在《重获新生》一书中，文波反复提及杰西•利佛莫尔的《股票作手回忆录》一书，该书对文波后来的就业理念、工作路径、岗位选择的影响至深至远。试想，在一个封闭的、学科之间相互割裂的教育环境中，一位机械设计专业的本科生怎么可能因循着自己的兴趣、爱好，在读期间同时获得了证券投资类的教育资源，并因此获得后来行业认可的执业资质呢？关于证券投资类的就业经历，《重获新生》一书中有着许多生动、详细的描述。在一堆堆压抑的、充盈着医院消毒药水味儿的灰色文字中，那些灵动甚至有些俏皮的文字不啻是阴霾天空中投射出的几缕耀目阳光，虽则稀少，但的确是年轻一代勃勃生命力之所在。罹患了重症，文波是不幸的；但在一个开明、自由的教育环境中，因此获得心仪的教育机会、就业机会，从这点而言，文波又是幸运的。

《重获新生》一书给我最大的冲击与震撼莫过于文波对著述一事的坚持、坚韧、坚守！试想一下，在渐冻状态下，历时四年、七易其稿，仅仅靠二根手指头一个个输入文字，最终完成了十五万字的自传小说，需要多大的毅力、勇气与韧性来支

序三　走向意义生命

撑？！凤凰涅槃、炼狱重生，在《重获新生》的字里行间，此种心境、此种努力、此种感悟，俯拾皆是。作为上海理工大学教师，我为我校毕业生身处绝境之中所展示出来的坚韧、顽强与旷达而感到自豪与骄傲！

多年前，我只身去看望在企业任职时的老领导，杯觥交错之际，大家谈及了对年龄的理解问题。老领导认为，人的年龄应该分层去理解，分为生理年龄、心理年龄与精神年龄。但如何去落实此种分层，通过对年龄的结构化安排去相应地延长生理年龄，其语焉不详。今天，读了文波的《重获新生》一书，答案似现端倪：文波以生理生命的一己之力，孜孜著述，给文本以生命；再通过媒介，特别是社交媒介对文本内容的广泛传播与用户共创，形成了媒介生命这一新型生命形态。最终，通过广泛的、公益的、全民的参与，更新了、升华了对生命的感悟与认知，练就了意义生命。人的生命的长度（生理年龄）无疑是有限的，但生命的宽度与厚度却是无限的。文波的《重获新生》一书，从文本创作、媒介传播与用户参与共创角度，给自己的、大家的生命增加了相应宽度与厚度，这大概是其给社会的另一价值所在。

惜时空交错，我与文波未曾在理工校园里结识、畅叙，但曾经是、依然是，也永远是理工一分子的归属感，使得我能以这样跨越时间、跨越空间的方式与文波聊天，向文波致敬。借用文波《重获新生》一书中的几句文字——"炊烟袅袅登云间，天涯路远总相伴。残阳呕血落西山，天高地厚永不变"，无论天高地厚，也无关天涯路远，母校、母校的老师将永远与文波相伴相随。

祝福文波！

上海理工大学出版印刷与艺术设计学院教授

博士生导师

任 健

2023 年初夏于沪江园

序四
感受人间至味

蒲文波，是我最熟悉、最特别的朋友，也是我最心疼、最牵挂的孩子。一场源于文字和声音的缘分，让朋友和孩子这两个身份融于一人而毫不违和。

与其说他是朋友，不如说是老师。他虽桎梏于六尺房间，但目之所及，皆为高远，心之所向，深邃无垠。处于极端困境下的他，所想、所爱、所行，那么鲜活，那么有朝气，让自以为已看透世间本质的我，开始重新思考生命的意义，审视自己的过往。那么，生命的意义究竟是什么呢？不可否认，名利是大多数人的执念，我也不例外。"主观上为自己，客观上为他人"是我信奉了多年的价值观。现在想来，本质上也是精致的利己主义者。而文波，我这位朋友，用两根手指、四年光阴，写下了二十三万字，用冰冻的身躯给所有心存爱意的人奉上了"生命不息，战斗不止"的旭日阳光。这一抹温暖赶走了矫情，催生了奋进，唤醒了所有关注渐冻症患者的人们的善念。

与其说他是孩子，不如说是弟弟。他虽禁锢于轮椅，但并未执拗于回忆，认识这么久，他只风轻云淡的跟我聊过一次过去：作为村里第一个考上重点大学的娃，他一头扎入魔都大上海，如饥似渴的阅读课内外书籍，天文地理历史，无一不是至爱，群书为他打开了世界之窗；毕业之后他不愿安逸于国企，只身当了北漂，在这个离家乡最近的一线城市企图种下梦之花，然后摘回家给爸妈，让爸妈的微笑灿烂到日月失色。然而，这一切在2014年戛然而止，发病率十万分之四的渐冻症落在了这个有着鸿鹄之志的大男孩身上，无奈，他回到了梦想出发的地方，看着爸妈更加忙碌的背影。他用最短的时间把自己从绝望中拉出来，决定启用自己唯一不会被病魔带走的财富——智慧，把未尽的梦想写下来，留给自己、父母和关注渐冻症患者的善良的人们。弟弟，我们都是宇宙的流星，但你一定是最璀璨的星之一。

　　文波有着天马行空的想象力、聪明睿达的洞察力，他的文字完全跳跃了世俗的思维，奇思妙想且细致入微，他不凡却不自知。因为心疼这个大男孩，我曾忍不住问自己，生命的终点到底在哪里？佛教说生命有轮回，基督教说上有天堂下有地狱，科学家在《生物中心论》中说生命没有终点，意识属于"量子讯息"，超越肉体，永远不会死亡。世间存在多重宇宙，另一个宇宙会吸收我们的意识后继续活下去。能量守恒定律告诉我们，能量不会消失，轮回、天堂或是多重宇宙都因能量而存在，不变的是存在，变化的只是存在的形式。

文波，冰冻无法盖住你眼里、笔下发出的热爱生活的光芒，豁达、有智慧、有爱的你无论变成什么样，都很帅。在我眼里，你是永远的朋友、老师、弟弟、大男孩。作为渐冻症文学平台——和风文苑志愿者，期待诵读你下一个作品、下下一个作品……只要嗓音还在，我一定陪你感受人间至味，锦绣世间烟火。

和风文苑深圳诵读团队志愿者

王丽丽

2023 年 6 月 8 日

序五
生命的别一种形态

生命的本质是一致的，却有着各种各样的形态。有时候，人们的身体是健康的，活蹦乱跳的，精神和灵魂却很萎靡，像是被戴上了手铐和脚镣，步履蹒跚，踉踉跄跄，一如行尸走肉。有时候，人们的肌肉萎缩了，骨头僵硬了，神经元也渐次丢失了，手指头也不能动了，甚至只能靠眼动仪打字与外界沟通和联系，头脑却格外地清醒，仿佛大梦初醒，对世事，对人情，对宇宙，对自己都有了更清醒和更透彻的了解。因此，当我通过冰语阁主，著名的渐冻人书写者葛敏，还有上海蒲公英渐冻症关爱中心理事长李玉珠女士了解到本书作者蒲文波的一些事迹时，更感到了生命和生命形态的多样性和丰富性。无论你处在哪一种生命形态，只要你想，只要你有这个意愿，你都可以发光发热，开出灿烂的花朵，让生命化成一道彩虹。

蒲文波是经常给冰语阁公众号投稿的一位非常有思想和才华的青年。当得知蒲文波要出书的消息时，葛敏曾由衷地感到欣喜、敬佩，还有赞叹。她深知，作为一个渐冻症患者，出本书实在太不容易了。她自己曾主编过两本书，除了选文、编辑、校对诸如此类的文字工作之外，出版前后种种琐碎的杂事几乎要了她半条命。

蒲文波是九年的渐冻症患者，上海理工大学的高才生，在农村拿着低保，却用两根尚且还能活动的手指敲出了二十几万字的初稿，又用三年时间先后修改了七次，才终于完成这部可以说是举世无双的由渐冻症患者所书写的关于他们生命形态的小说。葛敏读后，深为震惊，因为蒲文波所经历的一切她都能感同身受。她在使用眼动仪设备前也经历过歪着脖子，只用几根手指点击鼠标、敲击键盘，举步维艰的时光。那时，点击一个按键或打出一个字几乎要用出全身的力气去指挥那几根尚存一丝力气的手指，经常由于写错或点击不到目标急得想把眼前的电脑砸了……因此，葛敏说，蒲文波几乎是用超人的意志力才完成了这部小说。她也认为：冰语阁有写作才华的患者很多，但像蒲文波这样能认准一个目标，便坚定不移地走下去的却寥寥无几。

小说取名为《重获新生》，显然有对生命价值和意义的深沉的思考。对于一个健康人来说，"生命的意义""生命的价值"这些话题常常显得有些奢侈。人们在名利的追逐中，在为生存

序五　生命的别一种形态

的奔忙中，在各种简单的快乐体验中，没有闲暇停下来想这些过于沉重的话题。而对于渐冻症患者来说，他们必须给在痛苦中挣扎维持的生命一个有说服力的回答。疾病逼迫他们反思、逼迫他们觉醒、逼迫他们透过缠缚的肢体探索灵魂的自由。《重获新生》是作者抗冻生活、学习、思想、感情等方面的真实记录，也是对病魔控制下的生命价值的最好诠释，对另一种不为常人所知的生命形态的细致的描绘和刻画。他在用四年时间完成了这部小说的同时，也赋予他那渐冻的躯体以重生的意义。

从英国物理学家霍金的《时间简史》，到国内抗疫英雄张定宇的砥砺前行，再到为研发渐冻症药物孤注一掷，与时间赛跑的京东副总裁蔡磊，这些渐冻人群里的知名人物，都在用所做之事向世人证明：尽管我们的身体被困在轮椅或病床上，但我们的精神世界仍然可以无比充盈。尽管疾病限制了我们身体的自由，但它阻挡不了我们对美好生活的热爱、对梦想的奋力追寻。也许我们的生命不够有长度，但只要我们不畏惧困难，不放弃希望，坚持走下去，都可以成就不同的风景，活出了别一种灿烂夺目的生命形态。

我和葛敏都相信，蒲文波的这部小说，一定会给热爱写作的渐冻症患者们带来莫大的鼓舞和激励，也会给许多身体健康

重获新生：一位渐冻人的过去、现在和未来

的读者带来心灵上的警示与洗礼。一如作者在前言里写到的那样，"浮世一生，今天的自己不同于昨天的自己！每一天都是一个新生。朝阳出东山，明月映莲池，清风吹着乐曲，来日如花，我能看到，也能听到，还能感觉到。"这就是新生的生命体验，这就是生命快意，这种极致的生命体验仅仅来自觉醒的内心。

祝贺蒲文波，祝贺他即将出版的《重获新生》，也祝贺他在抗冻的过程中大彻大悟，活出别一种灿烂夺目的姿态！

卢新华　葛敏

2023 年 7 月 3 日

序六
罕见病"与我有关"

我从2008年开始做罕见病的工作到现在也有15年的时间了,听到过很多病友讲述自己的故事。这次,我花了两天时间看完文波的作品,更准确的是看完他的生命故事,感谢文波带给我的启发与震撼。

有一位渐冻症朋友对我说过一句话,"我们是一群清醒的通往死亡道路上的人"。文波原本作为平淡人生轨迹中的一员,有着像所有人一样对爱情的向往、对事业的追求、对家庭的担当。而这一切,都随着渐冻症的出现有了翻天覆地的变化。疾病,对于一个人的影响,对于一个家庭的影响,远远超出我们的想象。然而,与突如其来的疾病共同到来的,还有更超出我们想象的生命的不屈与坚韧,朴实的父母为孩子所能付出的全部无条件的爱,以及在绝望中生长出的希望。

像渐冻症患者一样的罕见病患者在中国超过两千万人,如成骨不全症、多发性硬化症、白化病等数千种发病概率低、大部分由于基因缺陷导致的疾病。因为发病率低、人群少,罕见病的诊断治疗难，误诊漏诊率高，有效治疗的药物少，只占全部罕见病的 10%。患病后对家庭影响大，照料护理困难，因病致贫的现象较为普遍。其实，从文波整个的经历中，我们也都可以看到这些问题的显现。这是文波的经历，更是所有罕见病群体的日常缩影。那种孤独绝望、爱而不得，也许只有经历过的人才会懂。但在平时，太多人会觉得，这些都是小概率事件，离自己很远，和自己无关。其实，罕见病就是生命传承中不可避免的概率问题，不是落在文波头上，就是落在任何一个人头上。我本人也是一名罕见病患者，文波的描述把我拉回到记忆：患病时，不知道自己得了什么病时的困惑；我被确诊后，没有药物可以治疗，父母想尽一切办法，哪怕上当受骗，也倾其所有希望我能好起来的努力；因为疾病，自己在上学、就业、恋爱过程中，承受的所有不公与艰难。尤其是，经历这一切，不是因为我们做错了什么，只是因为概率得了一种罕见病，而不得不去面对时的那份不甘。

要改变，唯有行动，而且是全社会的觉醒与行动。我所在的病痛挑战基金会缘起于"冰桶挑战"的谐音。2014 年，那一桶冰水让全球知道了渐冻人，了解了罕见病群体。中国对于罕见病的关注和支持，也在这些年进入了"快车道"。有更多

序六　罕见病"与我有关"

的新药被研发，快速进入中国，且有更多罕见病用药进入医保范围内。越来越多的公众开始加入支持和帮助罕见病群体的行列，大家开始认识到，这些人"与我有关"。

面对未来，我们依然要相信，相信医学的进步、科学的发展，相信社会在不断进步，更加多元、包容，会更关照到每一个人有尊严生活的需求。我想，那是文波的希望，也是我们努力的方向。不只是为罕见病群体，更是为了我们每个人，当有小概率事件发生时，都能够有安全感的生活在这个世界上。

这本书，值得更多人看到。当大家作为普通人在生活轨道中平淡前行，突然有一天一切都变了的时候，我们有没有勇气像文波一样，拥抱生活，怀揣希望。

王奕鸥

病痛挑战基金会秘书长

2023 年 7 月 5 日

引 言

我是在两个手指头还能动的情况下着手写这本书的。逐渐地，我的手臂无法举上键盘了，只能靠母亲帮忙把右手放在鼠标上，才可以通过输入法软键盘写文字……我不知道下一步等待我的是什么，但是只要我还有一口气，我就会全力以赴——写下这些文字。

2019年五一劳动节，我萌生了写小说的念头，就以《勇敢地活着》为题开始了。2020年元宵节后，我完成逾二十三万字的初稿，稿件修改第五遍时更名为《战胜命运》，后被《祁山》杂志连载，修改第七遍时又更名为《另一种活着》，后又改为《重获新生》，终稿十五万字多一点——很荣幸！华夏出版社愿意出版它。

这四年来，我前前后后修改拙作达七遍，修改到眼睛发木！此时我心想，纵使修改千万遍，也还是会有不尽如人意的地方，那就终止吧。是好是坏，就让读者来评判。

人生，一个选择就是一个可能！当然，还存在"负"

选择。

这一种活着，就是一个忒修斯悖论：

运去之时，我身体的细胞一个接一个死去，我变成了谁？

将来之日，我身体中死亡的细胞得以修复，我又变成了谁？

在这个过程中，我在每一天是不是都是一个新的我？

浮世一生，今天的自己不同于昨天的自己！每一天都是一个新生。

朝阳出东山，明月映莲池，清风吹着乐曲，来日如花；我能看到，也能听到，还能感觉到。

其实，无论什么样的活着，不都是活着吗？

只要活着，你就应当时时刻刻做到——无怨无悔昨天，紧紧抓住今天，开怀迎接明天……

尽可能地，绽放在生命中的每一天，才不负在这人世间走一遭！

目　录

第一章　命运始出现　无奈只归乡……………… 001

第二章　最后的工作　最后的爱情……………… 037

第三章　开颅去病因　难解命运果……………… 077

第四章　晴空响霹雳　生命顿失意……………… 109

第五章　医者心躁躁　磨难是重重……………… 131

第六章　生命终有涯　亲情却无涯……………… 157

第七章　暗涌接暗涌　孤独对孤独……………… 199

第八章　心中有方向　苦难生力量……………… 233

第九章　科技造扁舟　渡我去彼岸……………… 267

后　　记　我为什么写这本书…………………… 295

第一章

命运始出现
无奈只归乡

第一章　命运始出现　无奈只归乡

"我在同命运作战,"我心里想着,"时时刻刻在作战。命运,是我最大的对手,它总想置我于死地;或者,是我最好的朋友,想方设法让我活着。"

我坐于门口一角,母亲捏着我的胳膊,天边一朵黑云就闯进我的视野……

家门口的风风雨雨,我已经看老了!或许它们也看死了我吧?天空中不分四季的漫天的雪花杂乱无章,磨得阳光底下那棵柏树叶子都变得黄澄澄的……那不合时宜的叶子泛黄,不得不让人相信:一切形而下的东西,都倒戈变成了敌人!

世界对这棵柏树充满了敌意!微风带刀,阳光长牙,花花草草虚得像雾又像梦。

我感觉自己背上有一块大石头,我像背着自己的脊背一样背着它。

枝头叽叽喳喳、来去自如的麻雀啊,你们宛若天马行空的想象，或者自由自在的灵魂，让人急躁！我出现幻觉，或者，睁眼做梦的次数越来越频繁。每当看到叶子泛黄的柏树抽出金灿灿的新芽，天空就会传来一个铿锵有力的声音：

"沈无忧，相信活着！人一定能战胜它！"

轮椅很逼仄，就像钉在木板上的钉子；我感觉死气沉沉的，脖子向着天空，宛如一个被众人抛弃的罪大恶极之人；但想到郝伟正联合科学家所进行的研究，想到杨雨薇的柔情脉脉，我心里头又热乎乎的，仿佛灵魂得到了救赎一般。

于是，迷迷糊糊地，我又如往日一般睡着了！趁着睡着的当儿，我介绍一下自己。

我叫沈无忧，地地道道的农民的儿子。我上大学之前一直呼吸在大西北，从未离开村子超过二十公里；后来去到上海读大学，学一个不喜欢的机械设计专业，又辅修一个喜欢的工商管理专业。毕业后，我做了一段与机械设计相关的工作，又改行到金融行业谋生。贫穷是与生俱来的。我曾以"事在人为"勉励自己好好做事，好让父亲母亲衣食无忧。我是中秋节生人，但母亲说，我实际上是1987年8月7日生人——阴阳师说："这个出生日期不好！"于是，爷爷就破财让阴阳师把我的出生日期改成了中秋节……

第一章　命运始出现　无奈只归乡

上班第三年，即 2014 年，我就被确诊了不治之症——肌萎缩侧索硬化，又称渐冻症。或许，真的是我的出生日期不好，否则，我怎么会得不治之症！但又想想，这个日期出生的人，全国乃至全世界何止千千万万，也没听说别人都得了不治之症！

现如今，我这样活着已逾八年，或许已经看透了生死吧。当然，我对康复还心存一丝幻想……

左脚一阵火辣辣，仿佛燃烧着一团火。我迷迷糊糊地睁开眼，原来是给太阳看见了！我使出全身力气，移出太阳的视线，感觉周身黏糊糊的，仿佛满身是树胶——到底是因为微风太过锋利，还是因为我太过用力？现在是盛夏，阳光像愤怒的毒蛇，雄赳赳、恶狠狠；若是回到早春，阳光就会变成厚厚的大棉被，徐徐的、柔柔的。我总觉得阳光就像命运一样喜怒无常。

孤独让我无所适从，但并非全无好处，至少，它可以让我把我的故事说给你听……

原本，我想把我的往事埋葬在天空里，让那自由自在的白云，去挖掘、去猜测。因为我和你之间的距离，已经不是米尺能够测量的了！还因为我不擅长讲故事，我怕你听不明白，或者更多的是怕你不想听。

但是现在，我改变了想法：我想把我的故事讲给你听，我想消除和你的这种距离……

那时候，我二十七岁，还很年轻。我很健康，除了动作笨拙、声音沙哑略显中气不足外，其他都与正常人无异，一步能跨四阶楼梯呢。当时我在证券行业工作，但梦想绝不是做庸庸碌碌、见利忘义的证券人，我幻想着开公司，幻想着财务自由，幻想着光宗耀祖，我最喜欢看见母亲眉开眼笑。

北京的大街上，行人总是急匆匆的，我就是一只小小的黑色蚂蚁。但多年以后的今天，我发现，那只蚂蚁是大大的，它拥有彩虹一样的色彩。北京的天空蓝湛湛的，仿佛没有尽头。我从未见过这里阴云密布，也基本上不用考虑阴云密布，因为办公室没有看得见天空的窗。

离开北京的那天，却下起了极为罕见的倾盆大雨，地上的积水能没过行人的脚踝。这是老天在悲泣我的命运吗？我不相信！假如老天慈悲于我，它就不会限制我正常工作的自由，让我在落魄中回老家了！想想昨天（一个星期天），我还像往常一样在首都图书馆呢……

第一章　命运始出现　无奈只归乡

在去图书馆的路上，我惊奇地告诉张伟明："你看，我的左手食指居然不自主地颤抖！"这一现象，我们都不知道意味着什么，也都把它像过路的陌生人一样抛之脑后了。现如今想想，那是一个比见鬼还可怕的现象，吓得我瑟瑟发抖。

图书馆里到处是操着外地口音的年轻人，他们孜孜不倦地追求"智慧"的精神时刻刺激着我：我必须做到比别人更勤奋、更刻苦，因为我是穷人家的孩子！身为穷人，我并不感到羞耻，我只是觉得应该时刻保持在路上。我始终都坚信"书中自有黄金屋，书中自有颜如玉"，一个有着渊博知识的人，总能觅得一份体面的工作！一言以蔽之，有着渊博学识的人一定不会甘于平凡，所以这两句话依然有其现实的意义。

在宽敞明亮又有空调的图书馆里，选两三本喜欢的书，找一处安静的角落，遨游于智慧的海洋，是一件无限享受的事。与智者神交，你得时刻手握一支笔：感同身受的是人情世故，产生共鸣的是理想情境，晦涩难懂的是望尘莫及……总有那么一些思想，是你有冲动去做记录的。

我在记录一段文字时，总感觉手指无力，有些不听使唤。我有点发蒙：最近写字怎么总这么别扭呢？回首过往，我并未伤害过双手啊！难道是因为使用电脑打字替代了手写，所以手写能力退化了？殊不知，命运要摧毁一个人，必从简简单单、不易察觉的小事开始；怒吼的大海，肢解了一朵朵小小的浪花儿！

陈雯丽请了假，专门为了送别我。她是一个特别贴心的女朋友。她的温柔和知冷知热，让我无法离开北京、离开她。从早上到中午，从中午到下午，我紧紧抱着她，她也紧紧抱着我！

眼看已是火车出发的时间了，我心中着了急，却无力抛开她的芳香四溢……

陈雯丽是我半年前认识的，一个月前，她答应做我女朋友。

认识陈雯丽的前一天，我孤魂野鬼般晃荡在午夜的霓虹灯下，恼人的蚊虫似乎永无消歇，我的脊背被它们咬了无数口。不用想我都知道，那是一个个微微凸起的毒包，奇痒难当，但我无法狠狠挠到，只能背靠电线杆蹭；待到麻木不觉得痒时，它自会慢慢消去。

隔天，我在长城上认识了陈雯丽。但我不敢看她，因为我不敢幻想。由于我说话开始含混不清，我的工作岌岌可危，我感觉任何美好都距离我好遥远。

第一章　命运始出现　无奈只归乡

长城之旅是张伟明提议的。张伟明是我的发小,我们从小一起长大,陈雯丽是他的同事,同游的还有梁诚与他女朋友。梁诚是张伟明的高中同学,慢慢地也就与我关系要好了。

那一天,我印象最深的是陈雯丽那弯红彤彤的小嘴儿,微笑间像极了月半弯。精致的女人,美好的年纪!心醉如泥的我想,她会喜欢一个诸事不顺、万般落魄的人吗?不!女人们都在追求物质,一无所有、一事无成的我最好还是不要白费力气!就在这当儿,张伟明贴着我的耳朵说,无主之花芳龄二十六。

陈雯丽问我:"你说话……一直都这样吗?"习以为常的问题。我微微一笑,坦然回答她:"我啊……以前和你一样正常,只是最近,变了!可能是中气不足吧。"她一如其他人,感叹道:"人生啊,没有什么比健康更重要!没有比健康更珍贵的东西!希望你……希望你好好保养身体,未来的日子……还长着哩。"她的脸颊闪现红晕。

她说的话,我放进了心里,因为我也和她有一样的想法。

八分空落二分踏实,八分烦忧二分美妙。

前方是一段下坡路,我竟有些异于往常的不习惯。眼看他们四人已经轻轻松松朝前走去,我双腿的关节却有如木棍一般，仿佛失去了作用。落在后面的我只得努力追赶，但我的双腿显得不够长，触碰不到那更低的地方。

"我到底是怎么了？走下坡路竟会有如此怪异的感觉！"

陈雯丽回视一眼，定在了原地；在我眼里，那一刻犹如一阵春风，吹生许多希望。我竟有些感动：美丽的姑娘，贴心且细致！她的双目装满温柔，她的举止铭刻知冷知热。我犹豫不决：究竟该不该追求一阵春风呢？我若拿出盛放的山花一样的诚意，会不会成功呢？陈雯丽微笑如花，等待如磐石；我便果决地向前走去，迈向一线光明。

"'你未看此花时，此花与汝心同归于寂；你来看此花时，则此花颜色一时明白起来，便知此花不在你心外。'"陈雯丽继续道，"王阳明说得真好！一个人活着，心是你对世界的主宰！如果你心里矮人一截，那神也救不了你！虽然自负要不得，但，一个自负的人却永远比一个自卑的人好运……"

微风轻拂，美景如画。长城雄踞万里，气贯河山。

"相逢即是缘！我们几个志同道合，相逢在一起，看似偶然，实则必然！今日的长城之旅，源于无忧兄弟的失恋，又恰逢一个周末，再恰好所有人都有空……这一系列的偶然组合在一起，就产生了现在的必然——长城之旅！"张伟明道。

第一章　命运始出现　无奈只归乡

"偶然是必然它妈！昨天，我遇到一个男的，丑得那么上档次，还色眯眯地问我媳妇要微信；要微信你就好好要吧，还在那里一个劲地挤眉弄眼。他以为自己是梁朝伟吗？我果断地给了他一脚……你看，如果不是因为我偶然喝了酒，又偶然尿急去了洗手间，再偶然出来遇见他……还有我媳妇又是那么漂亮，怎么可能有我那必然的一脚呢？所以，偶然是必然它妈！"梁诚道。

他女朋友白了他一眼，我和陈雯丽默不作声，张伟明则目瞪口呆。

远望这世界奇迹，它给人以庄严和震撼之感。这条绵延数万里的东方巨龙，盘踞于神州大地，栉风沐雨数千年，却岿然不动，保持着该有的模样。反观自己，总是在遇到波折后迷失自我！长城的形与神，让我无地自容。

现如今，回顾那次长城之旅，我有了新的感悟：长城纵使再怎么雄伟，不也都是人造的吗？万事万物的惊世骇俗，背后定有一个伟大的人物！夕阳里，长城被劈成两半：迎着夕阳的一边，红如血明似镜；背着夕阳的一边，皂如墨朦似雾——这般的景致，那"东边日出西边雨"的现象，还有"一半海水一半火焰"的色彩……油然浮于我的脑海。

后来，我自陈雯丽口中得知，她当时也是刚刚分手不久！故，我们当时都是伤痕累累。难得她不嫌弃我，还始终鼓励我积极向上。于是，我也就肆无忌惮了。有时候，我甚至觉得她就是我的自信心所在；在其他人面前，我或多或少有身体原因导致的不自信；当然，在身体出现状况之前，我是很自信的一个人。

陈雯丽终于开口："把火车票改签到明天吧，我请假送你，好不好？雨下这么大，你走了，我一个人害怕。"我答她："好，我答应你。不过……你明天得去上班，有你陪着，我无法离开！"

雨停了！天边居然出现了火烧云，红得深沉；打开窗，空气清新极了。

她像孩子一样拉着我的手，摇着说："我们去吃火锅吧？我们手牵着手去逛街吧？……我们去看午夜场的电影吧？"

我牵着她的手，吃了火锅，逛了街，看了午夜场的电影。

次日清晨，我送给她一腔热血：我决定送她去上班。

她转身进了公司，我心头莫名地有一丝凄凉——你舍不得我走，我比你更舍不得走！难道这是冥冥之中注定的吗？如今想想，我离开她，隐隐有一种永别之感。

第一章　命运始出现　无奈只归乡

清晨走在北京的大街上，我才发现是一个大晴天。或许，它早就是一个大晴天，只是我没有顾及它。

离开北京的火车还有八小时十二分四十三秒出发……时间浩浩荡荡，不会停留！

临走，我检查了一遍屋子，见一件灰色的短袖还安安静静地躺在床头，上面还粘着一根她的长发。我打开衣柜，随手一扔，刚好盖住了她的两件文胸。令我没想到的是，我的这"随手一扔"，将会成为我后来回忆中的美好与刺痛！

我这一次回家，至少要待两个月（实际上是大半年）啊。当我再一次回到北京，已是金灿灿的银杏叶在深秋季节杂乱无章了。

嫦娥咽下一颗长生不老药，飘飘成了仙，同后羿相隔了77万里！这一次别离她，我行囊里满是红豆，一个日起日落便是三个春秋；决了堤的相思，望不穿的孤寂，纵有那夕阳如诗、黄昏如画，我要如何面对那双双归巢的燕儿？

我猛灌自己一口啤酒——反正别人都说我天天醉生梦死，我就真的醉生梦死吧，免得被人说我说话像喝醉酒一样含混不清，太伤自尊——不想呛到了嗓子眼，差一点咳出心肝！为什么我喝水总是会咳呛呢？我当时不知道，现在终于有了答案！

那也是一个症状。

离开北京的火车，还有两小时八分二十一秒出发……时间浩浩荡荡，不会停留！

此时，我木讷的眼睛看见一个熟悉的身影，疾步行走在北京西站的广场，宛如脚底踩着一团火，是万花丛里最美的那一朵。我紧紧接住她的拥抱。

"非来不可吗？"

"非来不可！"

回家，原本是一件喜事。但这一次，我身体的每一个细胞，分明都在悲伤、在忧虑！

前路云雾缭绕，内心惶恐弥漫。

人啊，飞黄腾达了要回家，落魄潦倒了也要回家。回家与回家之间啊，竟有着天壤之别！

我和陈雯丽都认为我是亚健康，所以，我们最终的决定是：我回家生活一段时间——以锻炼为主、中药调理为辅。再者说，还有 8 岁的堂弟正在度暑假，有他那颗纯天然的心灵陪伴，或许会事半功倍呢。

坐上火车，望北京最后一眼，我暗暗发誓：北京啊北京，回见！不过很可惜，后来我的的确确再次到过北京，而且不止

第一章 命运始出现 无奈只归乡

一次。火车徐徐动了!望着隔壁的火车身,我不知道自己是在前进还是在倒退……我希望,是在前进,永远前进……

打开手机,我写下一首小诗:

"北京啊北京!这一次我离开你,是无奈、是失意。我的梦想是一叶孤零零的帆,航行在你波光粼粼的海;我的爱人是一片羞答答的云,飘浮在你阴晴难定的天空。孤帆待起航,彩云等归人。时间的铁钩啊,钩着我,走向你,走向你,再走向你,然后离开你……北京啊!我的北京。我就这么不受命运待见吗?"

车厢内,大部分人操着甘肃口音,让人倍感亲切。邻座一位中年大姐说道:"小伙子,劳烦帮我把行李箱放上行李架,我有点够不着。"我微笑着答应了她,心想,这么小一个箱子,还不是小菜一碟!但当我举起行李箱的瞬间,我惊呆了——箱子的的确确是想象的那样轻,但我却举不上去,感觉胳膊根本使不上劲儿。碍于面子,我还是铆足了劲,将行李箱放上了行李架。

窗外铁轨漫漫,像忧虑一样悠长。

我心想,这一定只是一次偶然,我不可能连一个行李箱都放不上行李架!随即,我拿起自己的行李箱,要把它放上行李架,以证明刚才只是一次偶然。

但结果呢？依然是令人失望！

我是一个大男人,大男人当流血不流泪,但此时,我却着急得涌出了眼泪。

无法控制地活着,我究竟是怎么啦?！我到底是怎么啦?为什么又一条胳膊没了力量?

我突然发现,我的身体千疮百孔,就像腐烂了的苹果,我感觉身体的每一个细胞都不同于身边的人。说话一支箭,走路一支箭,写字一支箭,举手一支箭,喝水一支箭,五箭连发,箭箭刺中我的心窝！按照这种发展趋势,或许,不,是肯定,肯定还会出现无数支箭！

屈膝坐在火车上靠窗的小凳子上,我浑身的肌肉像罗丹的《思想者》一样紧绷。

不知不觉间,火车已经驶入一望无际的田野,山脚下散落着星星点点的农户的灯光,有些孤独,空旷的田野在逐渐暗淡的夜空下显得冷寂。

玻璃窗变成了一面镜子。镜中人双目无神,真是白白浪费了那一双眼睛！还有那浓密的眉毛,为什么像黑云呢？早上刚刚刮的胡须,何以晚上就黑苍苍？油光满面的那一张脸,死气

第一章　命运始出现　无奈只归乡

沉沉，脸颊凹陷，就像塔里木盆地。虚像里，右手边是一个男子正满面笑容，对着手机一会骂脏话，一会夸赞连连，玩游戏听音乐悠闲自在；左手边是那个中年大姐，正闭目养着神，嘴唇还偶尔微微一翘……

微风拂过故宫金水河的水面，留下一道道波纹，如陈雯丽的温柔——荡漾弥漫，绵绵不断。

偶然，游过四只鸳鸯，大概是鸳鸯夫妻和孩子吧？我指着鸳鸯唱：你我好比鸳鸯鸟，比翼双飞在人间……那两只大的是我和你，一生缠缠绵绵，一世不离不弃。她好奇道：那两个小的呢？是小三儿和小四儿吧？我不慌不忙地道：看你的咯，你如果厉害，生两个宝宝，咱们就给取名叫小三儿和小四儿……

想到陈雯丽的温柔，我的嘴角泛起一丝笑，不过，笑容比刚刚的愁容更难看。

默默爬上火车上那小小的床。我的胳膊，甚至不能支撑身体向上一跃！

我或许睡着了，或许没有睡着，反正现实与梦一样靠不住，如何分辨？！再清醒，或者说再睡着，已是黑暗肆虐，光明已逝去无影踪。我感觉自己背上有一块大石头。愿景与现实之间存在着一条纽带，那就是一个健健康康的身体！此时，我恨不得立马飞回家，待变回康康健健的自己，就回北京同她共享岁月静好。

踏在熟悉的土地上，我莫名湿润了眼眶。

汽车站人很少，只有零零散散几个人在排着队买票。

"买……买一张……买一张……"我咽一口唾沫，为简单起见，索性直接说，"去礼县——"

票务员用怪异的眼神打量我一眼："是去礼县，对吧？"我点点头。我给她一百块钱。不一会儿，她将车票和零钱一起摊在了出票口。这原本是一件再正常不过的事情了，每一个票务员都会如此操作。在往日，我肯定会轻而易举地拿起车票和钞票，然后潇洒地离去；但今天，我这是怎么啦？动作竟如此笨拙、如此迟缓，足足用去十几秒，却依旧在拨弄着钞票和车票……

她或许以为我是在假装笨拙、假装迟缓吧！或许还以为我想要她的电话号码呢。

"你到底拿不拿走？后面还有人在排队呢。"

我转过头，果然看到有两个人在排队。于是我慌张了，索性一把将车票和钞票扫进行李包。直到坐上大巴车，我才慢慢将那些钞票整理进钱包。

第一章　命运始出现　无奈只归乡

柏油马路是四车道，宽阔平坦；不像以前，是坑坑洼洼的泥土盘山公路，车走在上面颠颠簸簸，让人心惊肉跳。

车行两小时，终于到了我的县城。

三年的时间，这里的变化堪称翻天覆地，如花季少女的蜕变。

我的县城素有"秦皇故里"之称，途中经过的那座大堡子山便是早期秦文化遗址所在地。端详这美少女般的县城，我能深切感受到国家"乡村振兴"战略的力量……

我不禁想起与张伟明等人的闲谈——如今的老家，机会比北京多了很多！

此时，车上的人并不多，只因是中午的缘故，许多乡下人此刻正在赶集的兴头上，若是换作了末班车，那将会是另外一个世界、另外一番场景：人多到你根本挤不进去！

我坐在车上，扫视一圈，一如所料，发现一个熟悉的面孔——我的初中同学。他人高马大，是典型的西北汉子。他的旁边坐着一个大肚子女人，定是他的媳妇了！显然，他俩是去县医院做孕检后返乡的。

我俩对视数秒，蓦然之间，他惊奇地认出了我。

"沈无忧？！你这小子……完全变了！变得我都快认不

出了！"

"赵恒，哈哈！算算……我们该有八年不见了吧？"我走近他，与他握手道。

"没错，自高中毕业就没见过……你肯定混大了吧，是不是该改口叫'沈老板'了呀？"

我只能强颜欢笑："兄弟说笑了！我混得比你落魄！"

聊天中，他告诉我，他自己也是一名人民教师，一如他的父亲。

"你可是乡里考第一名的学生！"赵恒感叹。

看到这位多年未见的同学如此幸福，想着他生活安逸、家庭和睦，我竟由衷地羡慕不已了！弹指之间已是八年，我先求学于上海，后供职于广州，现追梦于北京，我究竟得到了什么呢？时至今日，自己身陷健康危机，值得吗？同他相比，我简直就是一无所有！——我的选择错了吗？

赵恒护着妻子下车了。公交车继续驶向终点站。停靠只是暂时，在路上才是永恒！

窗外微风徐徐，远处的风景熟悉又陌生。我的失意一箩筐。这些年，追求安逸的最终得到了，追求梦想的却始终一无所有！在最近几个月里，我先是失去一份爱情，再是失去一份工作；时至今日，又面临一次健康危机。我追求的真是错误的东西吗？

显而易见，这个问题在过去没有答案，现在也没有，也许永远不可能有答案！唯有继续努力，对，只有继续努力，努力走出现有的困境，努力奋斗，拼一个未来！追梦的路上，开弓就没有回头箭。

"该死，我又在同别人攀比了！"我自言自语。

每个人都有一个自己的时钟。北京时间与纽约时间相差十三小时。

微风继续吹，只剩下熟悉的风景。

半小时后，我抵达了老家所在的镇。

我用眼睛记录着她的每一寸肌肤——这个生我养我的地方。这个不足一平方公里的三角形，承载着我记忆中的一片天地。

"爸，我回来了！现在已在镇上。你让二叔骑摩托车来载行李……"在我家里，孩子们都喜欢搭乘二叔的摩托车，他骑摩托车的技术好，沉稳，让人有安全感。

走到一处小卖铺，我坐在长长的木凳的一头，望着熟悉的拐角，与老板有一句没一句地聊天。

老板是个女人，土生土长的当地人，年龄与我父亲相仿，只是脸上那一层厚厚的脂粉，让人误以为她和我同龄。她说我二叔是个大好人，每次赶集都在她的小卖铺买东西。实际上，我二叔真的是个大好人，只是她说的理由我不认可。

"你这个时候回家……是不是有什么好事？"

"没有好事，只有坏事！"

"你这孩子……骗我干啥？是不是回来忙结婚的事？"

我只能无奈地一笑。

"我是回家看病的……你不觉得我说话口齿不清吗？"

她话风突转，给我数说起了我那些出人头地的同班同学，还夸她小妹（我同桌）嫁了个好人家。

我的内心汹涌澎湃，我多想也出人头地！可惜，如果命运不给我另一个机会，我永远不可能出人头地了！

现在看来，人之一生，要面临许许多多个可能！一个选择，就是一个可能。有的选择，我们只是一个被动的接受者，好比自然灾害带来的不幸。譬如一次地震让你失去一条腿，那你就只能进入残疾人的世界了。当然，如果地震时你刚好去了外地，那么，你就是突发灾难中的幸运儿，你还是身在健康人的世界，健康人的生存哲学就依然是你的生存哲学。失去健康

第一章　命运始出现　无奈只归乡

给了我另一个世界。只要科技战胜不了这种疾病，我就永远不可能正常地在健康人的世界出人头地。在这里，正常人的生存哲学被剥离了真实性，变成了虚无，所以我只能谋求另一种活着的方式，好等待重获新生。而当时的我，想着自己只是亚健康，依然雄心勃勃。

二叔的摩托车终于出现在了熟悉的拐角，宛如一朵绽开的莲花。遥遥望去，他正笑嘻嘻地看着我，仿佛一台黑白电视机，慢慢变成了彩色电视机，最后变成了液晶电视机。

"你怎么不早点打电话？万一我有事，你不是要走着回家了吗？"二叔笑容灿烂。

"我是打算下了火车就打电话的，后来给忘了！"

"你一天到晚想的啥？"

我让二叔载行李先走，自己走回去，一来看看沿途风景，二来锻炼锻炼身体。

沿着回家的旧路，我漫不经心地行走，这是我终生要记住的。

我的老家坐落在大山的怀抱。这个村子并不算大，三面环山，约莫住着八十户人家，我即将走的这条路在村子西侧，是唯一没有山的方向。东山叫堡子梁，之所以叫堡子梁，是因为山顶屹立着一座堡子。据老人的说法，那是战争年代的避难所。如今换了天地，堡子梁上种满了一望无际的杏树。

这条回家的路，如今已是破败不堪、杂草丛生，大多数地方已被黄土所淹没。

"路已不成路，人已非往昔！"我自言自语一句。

一寸山路一寸记忆，十里山路十里花开，千般记忆千般沧桑，万种花开万种惆怅。

走出河道，我开始爬山。山路给人以阴森恐怖之感，有如非洲大草原的深草丛，仿佛随时会有狮子窜出一般。大概是我在城市生活太久的缘故吧。你看，那牧羊人就不会有阴森恐怖之感呢，路中间的平坦与光滑就是他们日积月累的足迹。

踏上乡村公路，我自然了许多。农人开着农机从侧旁经过，脸上挂满笑容，车上载满小麦。

越靠近家门，我的心情越敞亮。同时，我也有顾虑：

健壮离家带病回，面容无改气力衰；邻里相见如相问，百口难言心头哀！

我不怕别人知道我得病，我只怕他们凭空想象。流言蜚语在乡村猛如虎！曾经，同村一个偶感风寒的年轻人，愣是被村民们传成了不治之症！

第一章　命运始出现　无奈只归乡

偷偷摸摸踏进村子，触摸着她久违的肌肤，我竟感觉到发烫：究竟是我的双手太过冰凉，还是你的肌肤太过炽热？我一时分不清了。当故乡温柔的风拂过我的脸颊，我的眼睛已经噙满泪水，这些年受过的委屈、熬过的痛苦、遇到的挫折……一股脑儿全挤进我的眼睛。

夕阳下，一股炊烟味儿扑面而来。我自言自语：

"久违了！我的家乡，我的母亲。自从十九岁离家，我再未在这个季节呼吸过你的空气！我只见过你的寒风凛冽。这一次，我却一反常态，扑进你的怀抱……我希望，你能尽快让我健康强壮，两个月后离开时，仍然拥有十九岁时的活力……"

家门口的木棉树，已然长成半棵树的形象：一半枝繁叶茂，一半空空荡荡，仿佛妈妈手中从中间砍了一刀的西兰花。隔天，我去集市，欲买一棵木棉树苗，可惜跑遍了集市也没有看到木棉树苗的影子。我告诉陈雯丽这件事，她便网购了一棵寄给我。我把它栽在木棉树空荡荡的一侧。我心想，此去经年，两棵木棉树定能开出火焰一样热烈的花儿，像爱情，又像一只翩翩起舞的红蝴蝶。

刚刚栽好木棉树，我就听见堂弟一声惊叹。

"呀！"他说，"哥，快来看！这边有一条长虫（蛇）……"

我大惊！我生平最怕的动物就是蛇。望着慌乱中逃窜的它，我束手无策。堂弟则不一样，他拿起一根棍子拨弄它，仿佛这是他的宠物。"快！那边有铁锹，拿来，打死它。"

我想，如果不打死，它钻进被窝怎么办？但又心生一丝犹豫，毕竟那是一条生命。

最后，我们决定将它装进玻璃瓶，想让它自生自灭。

但隔着玻璃，我望见它在拼命挣扎，那略带绝望的眼神、那无助的动作、那眼看就要窒息而死的状态，让我动了恻隐之心：如今的我，何尝不是如此？一种力量消除了我的恐惧，我甚至想抚摸一下那小小的身躯。

"走，咱俩去野外……放生它。"

堂弟不解地看着我："好不容易才装进瓶子，为什么又要放出来呢？"堂弟肯定不会理解我的想法，更不会明白我的处境，因此，我没做过多解释，只以实际行动放了它生路。

当天晚上，因为那条蛇，我始终心神不定，希望它能长大，然后无病无灾地老去……

当第一缕阳光洒向大地时，我已在齐整的乡村公路上跑步。

朝阳，金灿灿的，充满了力量，让人睁不开眼，我低头向

第一章　命运始出现　无奈只归乡

着它奔跑……

回到家，我察觉奶奶和父亲在嘀嘀咕咕地商量着什么。

当我拿起筷子欲吃早餐时，父亲说：

"我打算带你去见个中医，把把脉，抓几服补药……听说他把脉神准，村里许多人都找他把过脉，他治好了咱们村王富贵连市医院都没治好的皮肤病……"

"可以！那吃完饭就动身吧？"

日上三竿时，父亲领着我，带着堂弟，由刘大宏（我的结义兄弟）开车，驶向隔壁县。

车子沿着风景秀丽的乡村公路行驶，而后转向平坦的高速公路，最后驶入另一条风景秀丽的乡村公路。终于，我们到了隔壁县的乡下，驶入一条坑坑洼洼的乡间小道，小道的尽头是一个村子，村子里住着那位神医。我真的有些佩服我们村第一个来这里看病的村民！

诊所门口已有人在排队，仅十余人。我心想：谁说神医的病人大排长龙？虚张声势！

走进诊所，我瞬间目瞪口呆，不足二十平方米的诊所里，居然还挤着二十多人！我心想，究竟这位中医有多神，会有如此多的病人？

趁父亲挂号时，我顺势挤进去，瞧瞧这位神医的庐山真面目。神医年纪并不大，约莫四十岁，大面孔，厚嘴唇。见他不是白发苍苍，我又有些好奇，神医如此年轻，他神乎其神的医术究竟从何而来？医生这个职业，我还是认为实践经验远远胜过理论知识。

轮到我坐在神医面前时，我紧张万分。心想，万一被摸出什么大病来，我可怎么办哪？

医生似乎看出了我的心事，安慰道："放松……放松，你太紧张了，深吸一口气。"我放松了下来。医生摸着脉搏，问："最近是不是食欲不太好？""是的，食欲不振已有几个月了！而且说话吐字不清，走路抬不起脚尖，全身瘫软乏力……"医生指着身边的椅子，说："坐在上面，跷起二郎腿，敲一敲膝盖。"我险些踢了他。医生微笑道："我先给你开几服药，调理调理，我建议你去大医院仔细检查检查……"

"去大医院仔细检查检查？"这句话让我心惊肉跳。

我的感觉告诉我，我并没有什么大病，只是需要调养调养。但我为什么要忧心忡忡呢？

医务人员瞥一眼药方，抓一味药——那麻利的动作，让我羡慕不已！我何时才能恢复这样的迅速、这样的洒脱呢？

第一章　命运始出现　无奈只归乡

夕阳里父亲的脸颊，黑黝黝、瘦恰恰，眼神迷茫。我内心愤愤不平：如此大好年华，我怎能再让他为我奔波操劳呢？他含辛茹苦地养育我二十七年，难道还不够吗？好不容易我大学毕业，参加了工作，他终于看到了抱孙子的希望。然而，我现在却要回乡治病。我更没有想到的是几年之后，事实证明，我的父亲母亲将永远为我而奔波操劳。他们何必有我！？白白多一个累赘！

炊烟袅袅登云间，天涯路远总相伴。残阳呕血落西山，天高地厚永不变。

一个月后，我独自漫步在僻静的绿茵小道，虽是晴空万里，但并不算太热。中午时分，刚好偶遇一场雷阵雨。

今日我选了一条新路。后来发生的一切，无不在诉说——选择尝鲜，你必将付出代价！

蓝天印白云，绿地绣繁花。

但我无心赏风景，只想独自走走，走走那些记忆里的探险之路。

不知不觉，我竟迷了路——生活在这里几十年，我是如何迷路的呢？

村子，已不是当年的那个村子了，熟悉之中暗藏着种种陌生。她在"乡村振兴"的大战略中已完全变了模样：记忆里的曲径通幽，变作了大道通富；脑海里的斜地陡坡，化为了密林片片；回忆里的黄土起伏，变成了平坦良田……这些变化仿佛大姑娘的蜕变，两三年的时间里便是天壤之别。

试问，走在变化如此大的故乡，焉能不迷路？此时，我急得直跺脚。

眼下是一片已经荒芜了的田地，草间的空隙像极了一场大雨之前云朵聚集到一定程度时的蓝天的残余。你看，那高高隆起的蛇一样弯弯曲曲的土，就是田鼠的杰作；但若是你矮得像地皮菜，你就会发现，那完完全全是一个迷宫。

追随着记忆里的路，我走在迷途中，寻找着现在的出路……我知道，找到出路是唯一的出路，但迷途中的磕磕绊绊定是不可避免的。

途中我遇到一条小水沟。水沟不是很深，里面堆满了淤泥，周围长满了杂草。我在脑海中谋划了上百种跨越的方式，却没有信心跨过去。我迟疑中恐惧，在恐惧中迟疑。

我一狠心，终于一步跨了出去，但结局大出我意料——右脚跨出去的刹那，我的身体失去了平衡，顷刻之间，我一头栽倒在了潮湿的淤泥中。

栽倒的瞬间，我并未想过身体的痛，而是担心草丛里若藏着蛇，那我该怎么办。

幸好草丛中没有蛇，甚至连小昆虫也没有一只。恐慌中，我安下了心。

我欲爬起身，却迟迟爬不起，胳膊犹如摆设，毫无力气可用，挣扎了约莫十分钟，我才满身大汗地爬起了身。起身的瞬间，我感到一丝喜悦，却高兴不起来。如此小小的水沟，却成了我的拦路虎。我本该是毫无压力的，但却失去了平衡，手脚已不听大脑的指挥。回想刚刚，我的内心似乎知道我的身体状况，但我的意志却不认输！难道我的疾病在小脑？

在命运面前，我就是一颗地皮菜，许许多多的困惑，让我身在一个迷宫。

"我的家乡！难道你也抛弃我了吗？"我不敢说出这句话。

来到泉眼儿。清洗完泥土的浑浊之水汇集在了饮牲口的水池中，变作了一潭死水。自泉眼儿源头而来的清澈之水，源源不断地注入，浑浊之中就出现了人体血管一样的脉络……随着时间的流逝，一潭死气沉沉的浑浊水就奇迹般地化作了一汪清水。

泥土在沉淀，活水在注入，清澈由此而来。那么，我身体的活水该如何获得？

我不知道要去哪儿。我与外界隔着一堵墙。

直到密密麻麻的树枝挡住了前路，我才意识到，自己走进了北山背面一望无际的密林。

眼前的密林，原是一片草场，那时候，绿草如毡，我经常在这里放牛牧羊；脚下的路，曾是一条清晰的阳关大道，那时候，我时常在这里奔跑嬉戏。年月最是无情汉！如今草场变成了密林，大道已无路可走。这对于我是一种实实在在的恐慌。我不是迂腐之人，我欣慰于这种变化，只是，我自身的变化让我变得迂腐。

林中阴暗潮湿、密不透风，道路荒草齐腰、蝼蚁遍地，处处都在孕育着生命。有些胳膊一般粗的树干已被撅折，仔细观察会发现，白花花的断痕边缘，还留有动物的齿痕。我该折返回去吗？如果不，或许会碰到一头獠牙像刀一样锋利的野猪，它会硬生生地撕碎我的胸膛。

如此活着，我还有什么好惧怕的？红尘容不下我，死亡便不再可怕。

我捡起一根折断的树干，除掉枝丫，做成了一杆长矛。

执拗拗，我走在诸多障碍的密林中，静静地观察着密林深处的动静。落叶蓬松，枯木遍地；万籁俱寂，香气四溢；阔叶如碗，山菇似锣。你看，那细细长长的芦苇，顺着刺槐向上爬，长得人一样高了；还有那些苜蓿，我从来没有见过这么大叶子的苜蓿……这些落叶，锁住了阳光，一层层，一年年，集聚再集聚，经年之后，就会变成煤炭。而我们人呢？经年之后，只能变成孤零零一抔黄土，远远比不上这落叶有价值！

忽然，耳畔传来一阵声响，我急转头一看，原来是一只野兔。虚惊一场！

两小时后，我终于满头大汗地走出了密林。有惊无险！

我敞开怀抱，呼吸一口视野开阔地带的空气，豁然开朗的感觉真是美妙！

夕阳西下，我意识到，该是回家的时候了。

我的心情舒畅了许多，因跌倒而出现的低落情绪，早已随着汗水，随着穿越密林的成就感而涌出了体外，烟消云也散。我欣赏着夕阳里的免费美景，像一个贪婪的小孩吃美食，不知道什么时候是个饱。

归家路上，我偶遇一段悬空路，便随意走上去……踏上悬空路的感觉，大相径庭于往日——头晕目眩，脊背生寒。

我甚至怕到再也不敢往前走。但这是回村的必经之路，我怎么能不走过去呢？

我想到了刚刚摔倒在小水沟的经历，当时就是这般没有自信心。

舒缓恐惧良久，我紧贴着悬崖峭壁，慢慢挪动着步子，一步一步……

我有恐高症吗？我自己怎么不知道？

夕阳，红彤彤，虚弱无力，我双目圆睁地看着它，目送它一点点消失……

这一天，我与刘大宏他们去了县城，点了一首《爱，很简单》，打算一展歌喉。

拿起话筒，我却总慢了原唱一拍——他唱完了"忽然间发现自己，已深深爱上你"，我才唱到"忽然间发现自己，已深深爱"。他总是比我快两个字。这两个字，是我拼尽全力也赶不上的距离！

一曲唱罢，忽然，手机一振，我收到陈雯丽一条长长的信息：

无忧！我亲爱的无忧！

首先，我请求你的原谅，我已不能与你再相爱……

第一章 命运始出现 无奈只归乡

我母亲去得早,父亲一手拉扯我长大。

怎奈世事难料!如今,父亲突患重疾,他需要我照顾,我也有责任照顾他。所以,我打算辞职回老家。此外,父亲极力反对我外嫁,希望我留在他身边。所以我,只能对不起你——亲情与爱情之间,我无奈,只能选择亲情!

我毁了我们的海誓山盟!但负你绝非我所愿!

我曾犹豫不决,有冲动奔向你;只有你,只有你能给我最美满的爱情。

我是千般万般舍不得离开你,但舍不得又能怎样?

我们的爱情,败给了距离、败给了亲情……我恨且无奈!

有情鸳鸯天不悯,有缘无分苦煞人。假如来生遇见你,我发誓一定不负你。

执子之手,与子偕老,多么美好的愿景!

希望你不悲伤,平平淡淡忘了我;我也会忍住悲伤忘了你。

天涯何处无芳草?愿你早日觅佳偶,共结连理乐无穷。

终此一生，你是我最深爱的人，但我们，只能爱在记忆里……

至此，我的爱情已死；余生，我只为父亲而活……

第二章

最后的工作
最后的爱情

第二章　最后的工作　最后的爱情

收到陈雯丽的信息不到半个月,我就看到她在朋友圈发的结婚证照片。

陈雯丽嫁人后,我有如大病一场,整整一个月,天天失魂落魄、食不甘味……我想,这肯定会加速病程。我与朱茜分手时,固然很痛苦,但还不至于颠覆爱情观;我与陈雯丽的无结果,却着实改变了我对爱情的看法。

自由恋爱的世界,遍地都是爱情;我不是爱情专家,却也能游刃有余!

是"自由恋爱"错了吗?

不是!错的是人——我不健康的身体!人心永远随着遭遇在改变。

那么,我真的和陈雯丽有过爱情吗?能证明爱情存在过的,便只剩下失恋时的感觉了!

这个时候,我意识到:

爱情，永远敌不过亲情！亲情是一种割不断的血缘关系，永远不会因为任何事情而改变；爱情，总会因为一些事情而瞬间破碎，因为它只是一次偶然的遇见，只是一种口头的约定罢了。当然，好的爱情可以转化为亲情，这是爱情唯一能永恒的途径。

我与陈雯丽，于半年前相识相恋、许约白头，于三个月前柔情蜜意、如胶似漆，于两个月前望穿秋水、痴等归人……最终，它败给了亲情！于是，两处痛彻心扉，两处雨恨云愁。假如我和她有一个小孩，成功地将爱情转化成亲情，那结局又会怎样呢？

——至少不会落得个分手的结局！

爱情与亲情，如果换位思考，我也会选择亲情，家人是唯一的依靠。恋人却不一样，两个人只要彼此看着顺眼，随便一个都可以，不是吗？

我对陈雯丽没有恨意，爱恋依旧，甚至还有一丝敬意。两个人在一起生活，健康才有希望，才会有一定的安全感。而我给不了陈雯丽安全感，所以才失去了她！

基于此，我不能再赋闲于家，内心的欲望和不服输，让我不得安宁。故，我只能拖着不健康的躯体，再一次踏上去北京

第二章 最后的工作 最后的爱情

的旅途——只为开创一片属于自己的天和地……

北京的大街上,行人永远行色匆匆,那种感觉是如此熟悉,又是如此陌生。是因为没有了陈雯丽吗?如今想来,我当时的潜意识里,陈雯丽就是北京这座城市,北京这座城市就是陈雯丽。

春日的萌动,夏日的烈阳,秋日的萧瑟,冬日的寒风,都阻止不了她的节奏。

窗外的银杏树,无情地抛弃了落叶。落叶带着绝望,飘飘荡荡,漫天纷飞:飘到路上,呼啸的车子将它碾得粉碎;飘到路边,辛劳的环卫工将它塞进垃圾桶;飘到屋顶,瑟瑟的秋风将它吹得无处藏身……这是落叶的宿命吗?不!一定存在一个避风港。它飘飘荡荡的最终时刻,肯定存在一个能让它了此一生的地方。

次日睁开眼,我便陷入了找工作的忙碌中。

我很着急,闲着就是浪费生命。清闲只是人生的调味剂。猪能清闲一辈子,是因为它的使命是长肉。忙碌,才不负光阴、不负存在。我仔细寻找着每一个用人单位的信息,就像勤俭节约的小脚老太太从打麦场的边缘捡麦粒一样,然后把一份份修改满意的简历发给自己中意的公司。在接下来的三天里,我把手机声音开到最大——我期待着两家证券公司的电话，同时奔走于各大人才市场之间。第三天早晨，我终于接到一个电话，不是自己期待的那两家公司，但还可以接受。我随即答应了去这家公司面试。其间，我接到过不少电话，清一色是保险公司，可我明明没有投简历给他们，他们是如何得到我的简历的？

挂断电话后，我喜不自胜，开始着手准备明天面试的措辞。我说话很费劲，一个自我介绍，必须反复练习很多次，才能勉强说出口。

"您好！很高兴贵公司能给我面试的机会。我叫沈无忧，2012年毕业于上海理工大学。主修机械设计，辅修工商管理。我喜欢阅读，阅读让我快乐。我喜欢金融，大学期间就研究过股票、债券、黄金期货等。我信奉杰西·利弗莫尔、安德烈·科斯托兰尼等大师，个人认为，他们的投资哲学最合适，当前的A股市场……"

总之，我认为面试官有可能问的问题，都一一列举了答案，并反反复复地朗读。不是因为我记忆力差或缺乏自信，而是因为我说长句已经显得气力不足了——或许观察仔细的你已经发现，上面的自我介绍都是短句。我企图通过练习来解决这个问题。

　　隔天，我起得很早。面试的第一印象就是衣着打扮，所以西装革履、神采奕奕是基本的要求。有了良好的第一印象，你才能展现学识。我精心打扮着自己，仿佛要去相亲——相亲和面试有着异曲同工之妙，都需要基于良好的第一印象，然后才能继续下一步。

　　我九点一刻便到了面试的地点，想着提前一刻钟进公司面试最妥当。但我提前了三刻钟，所以只好在门口等待。

　　拿出昨晚写的小纸条，我又默默读起了面试措辞……直到九点三刻，我才怀着一颗忐忑不安的心，怯怯地踏进公司，惶惶地来到会议室。

　　会是什么样的结果呢？

　　一阵高跟鞋嗒嗒嗒的声音从门外传来，富有节奏感。转瞬之间，一个高挑的女人便走了进来，满脸写着自信。我慌慌张张站起身，点头打招呼。

　　她自上而下打量我一番："沈无忧？"说着就和我握手："来得刚刚好！"

　　我继续点头哈腰，满脸谄笑："是的，沈无忧。来面试……投资顾问。"

043

她表情由微笑转为严肃:"先做个自我介绍吧。"她说罢,我的心就跳到了嗓子眼儿。

我结结巴巴:"我……我叫……我叫沈无忧,我是……"

她又转为微笑:"你别紧张。放松心情。"

我尴尬赔笑道:"我……我的说话……"此时此刻,我做出了一个决定:"我的说话……有些问题,不……不好意思……"我赶忙跑出会议室,跑出公司。

走在大街上,我身体的每一个细胞都在尴尬!

自出生到现在,我经历过不少艰难险阻,但是这般丢面子,真的是头一遭!

经过这次面试,我的自信心再一次严重受挫。

为什么我一紧张,就完全说不出话?因为说话而紧张,因为紧张而更说不出话?以前可不是这样的!回想往昔,初次培训投资者时,我固然紧张,但也不至于说不出话啊!

我陷入了无穷无尽的迷茫……

转眼又是一周,我成了一个找不到工作的无业游民,仿佛在半空中飘飘荡荡的银杏叶。

我所面试过的大多数公司,都会用一句话打发我:你的能力,完全符合我们的标准,但是你的说话,却与我们的要求有着天壤之别。

失落、孤独、无助、迷茫，是我当时心情的关键词。

我独坐于公园一角，黯然神伤，望穿了秋水，但等不到归人，盼不到健康。夜空浩瀚无垠，愁绪犹如繁星点点，无穷无尽；街角灯火阑珊，热闹仿似过眼云烟，尽属别人。

这时，电话铃响了，我有气无力地接过。

"老沈，我是陶万里。你回北京了吗？"

"回了。有什么事吗？"

"我这边打算开个投资公司，你可否过来帮忙？"

我心头一喜。这是命运给我打开的一扇窗吗？

"当然可以！只是……我说话有些含混不清，不知道……"

"这不是问题！我们需要的是交易技术，对说话要求不高……"

我欣然接受。

陶万里是我初到北京时的同事，高高瘦瘦，一肚子智慧，性格沉稳，为人和善，有勇有谋，极不安分。曾经，我与他谈创业，他说，天底下没有办不成的事儿，只有不诚心诚意做事儿的人。他的这种观点，我是极为赞成的。

工作有了着落，我的心情敞亮了许多。夜空依然浩瀚无垠，希望犹如繁星点点；街角仍旧灯火阑珊，热闹仿似春雨润物，有我的一份。

红叶如醉，随风起起伏伏，让人心生快感。

忽一阵风，寒意逼人，红叶仿佛在挥手道别。

我刚把钥匙插进锁孔，还没来得及转动，就被另一个电话打断。

"无忧，哥今天大赚一笔。我一会去你那儿，请你喝酒，嗨皮嗨皮。"

"那感情好！我也恰巧找到了工作……正想庆祝庆祝呢。"

他在电话里大声吐一口痰，"太带劲了！"，说着，笑出了声。

电话那头的人名叫潘扬，是我的高中同学，满脸络腮胡子，全身除了肥肉，没有其他东西；为人豪爽，洒脱自如；欲望强烈——因为这一点，我常常取笑他。三年前，潘扬进入一家国企，工作稳定；一年前，我辞职并寻梦于北京的事迹感染了他，以至于他也开启了北漂生涯。我俩都是追着梦想奔跑的人，亦同为天涯沦落的人——孤身一人，随心所欲，吃饱了，全北京城不犯愁。

听着音乐看着书，突然传来一阵敲门声。我知道是他

第二章 最后的工作 最后的爱情

来了!

我看也不看,直接开门。他正笑嘻嘻地叨着烟站在门口,活脱脱一副花花公子的模样。

"进来吧。再抖你的腿,我就关门了!"

"进去干啥?里面有女人陪吗?"他甩甩头,道。

他真的让人鄙视!

"屋里没有女人,但有女人的内衣,你要看一看闻一闻吗?"

猛然间,我想起了陈雯丽,她的两件内衣确实还挂在衣柜里。那两件内衣,她或许是不想要了,或许已经忘记了,却成了我记忆中的一丝美好、一丝刺痛。

自从与陶万里共事,我莫名地乐观了起来,甚至觉得自己已经触摸到上流社会,有一种很快将飞黄腾达的感觉。于是,我更加刻苦学习金融知识,杰西·利佛莫尔的《股票作手回忆录》,我整整读了三遍。

我与陶万里实际上是替一个珠宝商理财。这位珠宝商姓马,来自吉林。马老板早年靠经营玉器积累了财富和人脉,如今已是富有的上流社会人:在北京就拥有好几家珠宝店,个个地处繁华商业街。其客流量之大、营业额之巨,鲜有珠宝店能媲美。

　　我初次见马老板，是在他王府井的珠宝店。寒风飕飕，一辆雷克萨斯跑车徐徐泊在门口，使得刺骨的冷风有了温度。车门推开了，一个肉嘟嘟的脑袋探出来，脖子上的肥肉活像一条围巾，高高的貂绒领显得有些多余了。副驾驶室走出来一个年龄与马老板相去甚远的女人，踩着高跟保暖靴，柔软的细腰似柳枝随风摆动。我与陶万里礼貌地点头哈腰，但被她理直气壮地无视了，最终，马老板替她圆了场。

　　一日下午，我与陶万里正全心全意在工作，思维都集中于股价的波动上。突然，传来一阵脚步声。我们回头一看，只见马老板带着一个人走了进来。那人留一撮白胡子，眉毛较普通人的略微长一些，上身穿印有"寿"字的红色唐装，下身配高档材质的老板裤，整个一绫罗绸缎裹着的大粽子。一进门，他就从公文包里掏出一个精致的小罗盘，绕手机信号似的绕了起来。

　　绕罢罗盘，他看着盘面沉思许久，悠悠回到办公桌前，一边用毛笔在纸上龙飞凤舞，一边振振有词地默念咒语——这些咒语，没人知道是什么内容。

　　马老板说："我身边这位大师，往后就是公司的一分子了。

他是一位价值投资大师，能算出股票的走势，他买的股票从来没亏过……我希望你们多向他学习，无论关于投资还是关于人生……"

大师表现出一副很受用的表情。

我有些疑惑：既然他是投资大师，那还需要我和陶万里做什么？看来，真正的"股神"不该是沃伦·巴菲特，而应该是这位深藏不露的东北人。

大师说："首先，我们的办公桌摆放不合风水，下班之后我指导你们重新布置；其次，我推荐一只股票——富春环保，这只股票未来肯定大涨；最后，我往后就是公司的一分子了，关于股票投资，我会给你们一些意见……"

听着大师说的话，我有些虚无缥缈之感——关于风水，我不懂，没有发言权。关于股票，我的看法是：试问这个世界，有谁敢肯定一只股票会涨？大师之所以推荐富春环保，大概只是因为名字很符合风水吧。自大师推荐后，此股票一如其他不见起色的股票，长期表现低迷……

夜色茫茫，迷雾重重，我还是我吗？

按部就班，忙忙碌碌，乐此不疲。

一日下班，我偶然接到梁诚一个电话：

"我也分手了！想找你聊聊，今晚有空吗？"

"你肤白貌美比潘安，怎么会失恋呢？"

我说得毫不夸张，梁诚真是女人见了尖叫、男人见了嫉妒的男人。

他不说话，只是叹一口气。那乏力而略带哀伤的叹气，让我意识到他的分手是真的。

"没什么大不了，菜瓜藤蔓上总有那么一朵谎花！顺着藤蔓走，总能遇到一朵已经被蜜蜂授过粉的花。晚上来我这里，我陪你醉消这万古愁……"

我请梁诚吃自助餐。

"你俩为什么分手？"

他把快到嘴边的食物收了回来。

"她的父母希望她回家考公务员或当老师，我则希望她留在北京……"

"你无法战胜那个根深蒂固的观念，我也曾为此陷入矛盾。"

孤独的流浪者，你的归宿在何方？归宿需要的是一份安心，可你却偏偏不齿于她所追求的那一份心安。你期待着另一种心安，而另一种心安注定是孤独的。我的脑袋在放电影，闪现出赵恒的幸福美满。流浪者的归宿或许就是流浪吧。你流浪的终点不知道！写下这些文字的此时此刻，我在想，如果我没有失去健康，继续自己在北京的生活，现在有没有成家呢？我不敢给出肯定的答案。

我示意梁诚去多拿点食物，失恋不应该成为没胃口的理由。

"失恋的滋味，我深有体会，但无论如何，饭是必须吃的！'失恋说明你还不够优秀，吃饱喝足才能让自己有更充沛的精力！'这是我失恋时张伟明说的，我觉得挺有道理的。"喝一口酒，我继续道，"爱情啊，假如走到了尽头，你就只能接受……"我忽然想到了陈雯丽娇美的面孔，有些感同身受："慢慢习惯新的生活，才是你的当务之急啊。等你习惯了新的生活，就好了……失恋只是戒掉一种习惯罢了，好比戒烟戒酒。"

"自她走后，我非常不习惯，有种生无可恋的感觉……"停顿一会，他继续道，"我是真的没有想到，自己这么深爱着她……"

当晚，梁诚住在了我家，他需要人陪着他借酒浇愁。

"结婚怎么就这么难呢？"他突然说了一句。

"爱情是免费的，婚姻则很昂贵。婚姻就意味着买房子、买车子，大多数女人认为这都是男方的义务。她们只看眼前。贫穷就应该断子绝孙吗？希望多年以后人类都是富人的后代……"

"你……现在有在谈的女友吗？"

"连续两次失利，我还怎么谈？让一切都随缘吧！我现在只想安静。"

"我给你介绍一个吧？她也是个高学历……"

"撩妹又不是撩脑袋，我只以孝不孝顺为衡量标准。当然，我没有诸葛孔明的境界。"

"得'门当户对'呀。现在依然存在这种现象，它就体现在学历、财富和人品等方面——放牛娃可能娶硕士研究生吗？"他摇了摇头，继续道，"不可能的！"

就这样，我与独孤爱相识了！这是一段我并没有奢望结婚的爱情。

这一天，我做完俯卧撑，在起身的瞬间，身体突然就失去了平衡，头恰巧撞在了桌角上，我顿觉剧痛难忍，天旋地转。

我摸摸额头，明显感觉到皮肤在膨胀；刹那间，湿嗒嗒的黏糊感在手心生长——血，开始流了出来……我顾不得许多，捂着伤口，痛到满床打滚儿。

鲜血，洒满了棉被，红如火，我突然渴望，鲜血能染红一朵玫瑰花的温柔，但房间里哪有什么玫瑰花啊？！泪痕烫了眼角，孤独漫了夜空。

无独有偶，回想几天前，我去公园跑步，同样因为身体失去平衡，倒在了路边，膝盖脱了一层皮，淤青如今依旧隐约可见。我无端跌倒的次数越来越多。每次跑完步，我都得处理或大或小的擦伤。

我心想："频频因失去平衡而跌倒，难道我的疾病真的在小脑？如果放任疾病继续，我的未来会如何？或许，我会摔死在出租屋，无人知悉；或许，我会摔倒在路边，失去意识；或许，我会摔残一条胳膊……种种结局，都是我不想看到的，也是我的家人不想看到的！"

此时，我做出一个决定：再次回家，彻查身体为什么不健康……

虽然我很喜欢这份工作，但是再次回家的理由，却比它重要得多：一来，身体是一切美好的基础，我万万不能因为一时的意气用事而耽搁了最佳治疗时机；二来，马老板并不是我欣赏的人，跟他混未必会有一个美好的未来；三来，春节临近了，独孤爱表露了与我相见的心迹，一番花前月下正在等待我哩。

这一次回家，我的行囊里装着冬天的风，还有独孤爱亲手织的围巾……

乡下的天空，静时万里和煦、柔软胜棉，动时天地混沌、飞雪比刀。前一刻，岁月给万物慢镜头，悄无声息中安然自在；后一刻，时光就会给飞雪快镜头，惊天动地中怒吼狂叫……我心想，人生那徘徊在悲喜之间的身影啊，像极了现在乡下天气的喜怒无常！

我已分不清独孤爱是我什么人：说知己吧，我俩有一段模糊不清的来往；说伴侣吧，我俩却未曾结为连理枝。我很是怀念，那些曾与她共同拥有过的最美丽的时光——随心所欲、任意而为、行云流水……

我与独孤爱聊天的起初，两厢皆单身，但我不抱任何想法。自陈雯丽以后，我再也不敢奢望拥有一个人了，我惧怕那种失去的割肉般的滋味。我只当她是一个相隔万里的知根知底的网友，一个素未谋面的无话不谈的知己，一个无关乎爱情的可有可无的女人。谁让我是一个贫穷且身体正处在不健康之中的流浪者呢？

第二章　最后的工作　最后的爱情

回想半个月前，醉酒的那个午夜，我与独孤爱有了第一次聊天——

"怎么还不睡？你是梁诚的朋友吗？"她通过我微信好友申请后问道。

"我愁得睡不着。我和梁诚正在借酒浇愁呢。"

"梁诚失恋，你浇的哪门子愁？"

"我一看到月光柔美就发愁……你还没睡，难道也有愁？"

"借酒浇愁愁更愁！我还没睡，是因为在追剧……"

"如果你还不想睡，如果我可以知道，如果你愿意告诉我，请读一读你的户口本，谢谢！"

"独孤爱，1990年出生，户籍湖南怀化，现工作于长沙。你呢？"

"沈无忧，1987年生人，户籍甘肃陇南，无业游民兼流浪者。你现在可以休息了……"

独孤爱，宛如一只叽叽喳喳的麻雀，一开口，便自带着韵律感，有如粒粒珠子落在玉盘，富有弹性，美妙动听。自从与独孤爱开启聊天之旅，我就梦见窗口多了一棵梧桐树，一只夜莺夜夜栖息。每一个孤独寂寞的夜晚，她总能带给我不一样的感受。

一天晚上，她问我："你会不会修电脑？我的电脑软件出问题了，怎么办哪？"在大学时代，我可是做过电脑维修的！于是我自信满满地回道："修电脑是没问题的，不过，修好了，你得叫我一声'老公'。""哎哟喂，你这是威胁我呀？""对！这就是威胁你。"一支烟的工夫，她回道："你先修好电脑再说，我真的急用！"于是我远程控制了她的电脑。

我不奢望爱情，也不刻意去追求，但若是她答应做我女朋友，我也是不会拒绝的。我把一切交给缘分，让它去决定我们的成与败。

"你不要乱动！影响了我的操作。"

"好！你说什么就是什么，我完全配合。"

独孤爱的回答，充满了女性的温柔，凸显出我是一个不折不扣的男人。

她乖巧又温柔，偶尔还会表现出可爱、调皮，是一个让人欲罢不能的女子。不知不觉间，她就成了我的开心果兼知心人以及疗伤站。女人如水，男人是铁，水能腐蚀铁！

我操控她的电脑，三下五除二便搞定了问题。正当我欲离开时，她却要求我替她修照片。

求之不得的美差！我当然非常愿意效劳。

第二章　最后的工作　最后的爱情

但我要假装不乐意："我没力气修改了，能不能先兑现承诺，给我点动力呢？"她却说："你没力气我自己来，反正软件已经正常。"我急道："好！我修还不成吗？过河拆桥！卸磨杀驴！幸亏是你，换别人，我立马就走人了……"

屏幕上的独孤爱，发际干干净净，容颜清新脱俗，双目灵动，红唇饱满，放大三倍，皮肤依然细腻，微笑依旧倾城。端详照片，我似乎闻得到她的香味儿，那是一种令人陶醉的血流加速。

"你谈过几个男朋友？"

"如果算上你，就有两个。"

"为什么不多谈几个？这么美的容颜，好浪费！"

我和她都在开玩笑，玩笑之中是否含有一丝真诚，只有彼此的内心最清楚。

"我是一个用情专一的人，不会轻易爱上谁。但一旦爱上一个人，就会一条道走到黑……我距离上次分手，已经有三个年头了。这三年来，我始终都不曾打开那个心结……假如你能打开我的心结，我就答应做你女朋友。"她说。

听她如此一说，我的内心是震撼的。那个男人究竟有多么优秀，他又是怎么样伤害了她，竟会令她有了一个三年都打不开的心结？！我很想问问，但欲言又止。为什么要问呢？反正自己又没打算追求她，再者说，就算想追求，我也不想与他形成对比，制约了自己。

"我发现你好奇怪！为什么不问我为什么分手？梁诚都问过的。"

"流浪者有流浪者的规矩。再者说，我不喜欢和你说不开心的事。"

在独孤爱的聊天窗口里，我总能找到一种二十四小时的快乐，纵使从睡梦中偶然惊醒时看到对方的消息，我也会忍着瞌睡耐心回复。

有一天，她主动告诉我她是英语老师，还说已经从梁诚那里知道了我的过往，并表达了对我的同情，还愿意帮助我走出健康的困境。她那句"我突然想告诉你关于我的一切，我想让你更了解我一些……"让我感动不已。

此时，我忽然意识到她有些与众不同，并产生了一种想追求的冲动。

一个半夜，从睡梦中惊醒的我，感觉双脚冻得慌，欲起身加床被子，却意外发现，窗外白雪飘飘。地上的精灵啊，点亮了黑暗，远处的松柏愈发厚重了。

第二章　最后的工作　最后的爱情

我迫不及待地要与她共享："爱，下雪了！寂寞且冷还孤独。"我没有期待她的回复，只是诉说自己的心情，就好比心血来潮时发的朋友圈。我突然觉得自己是神经病，结果却大出意料——她很快就回复了我。

"你讨嫌！人家的美梦全给你吓跑了。我不管，你得赔我一个美梦……"先是这么一句。紧接着，我看到她的聊天窗口显示"正在输入"四个字。几秒钟后，我又收到："明天我给你织条围巾，给你温暖。乖，赶快睡觉去……"

几天后，我真的收到了一条围巾。稳重的褐色，扎实的针脚，光是看着就让人温暖。

它蕴含着她的心血，是她厚重情意的象征！

我心想，这条围巾，足够给我整个冬天的温暖了，或许还会温暖我生命里的每一个冬天。

自收到那条围巾开始，我就沉浸在幸福中，无法自拔。

在回老家的旅途中，我一度把它放在行李箱，不舍得沾身。后来，越走越冷，我才把它围在脖子上。它像爱情一样火热，让我一路走来，毫无冰冷的感觉。后来，那条围巾在我一次走夜路——去医院做脑 CT 时丢失了。我把这件事告诉了她，她却说那条围巾是她买的，她织的马上完工，到时将亲手送给我。

"我何时才能见到你?"

"在你的老家,我有个大学同学。前几天,她邀我寒假去你家乡玩,但我推托了……"

"假如我邀请你,你会不会来我家乡玩?"

"假如你邀请我,我会去看我的同学……"

转眼已是新年。见童年时代的玩伴皆携妻拖子,我就想起一首诗:"千山鸟飞绝,万径人踪灭。孤舟蓑笠翁,独钓寒江雪。"我在"独钓寒江雪"。我忽然发现,我与他们之间,不止隔着空气。我的新年热闹得有些空虚。

大年初八,回家过年的男男女女纷纷踏上了返工的旅途,而我万般无奈,千般惆怅,只能在独孤爱身上寻找出口。

"爱,我昨晚做了一个梦,梦见你给我生了个儿子……"

"去你的,生你的脑袋瓜子哟。"

"对了,你准备准备,我已经订好了去西湖的行程。"

"真去呀?……我都胖得不敢见人了,怎么办?"

"你说过'决不食言'的,当时我也很认真。旅行恰好可以帮你减肥……"

"那什么时候出发?我俩怎么碰面?"

第二章 最后的工作 最后的爱情

"明天出发。你从长沙走,我自天水起。杭州碰面。"

"我们不可能同时到达呀,怎么办?"

"放心!我算过时间了,我提前你半小时,我会在杭州东站等着你……"

我的心里烧着一团难以名状的火,独孤爱就是一汪可以灭火的清泉。

次日深夜,我在杭州东站再一次见到了独孤爱,确实较一个月前显胖。

不过我觉得,她的美艳程度有增无减,微胖的她更具魅力——一袭黑色风衣裹着凹凸有致的身材,长发飘飘如瀑布,浑身散发出无限活力与魅力。

如今想来,那一晚的杭州东站,大厅里好似开满了玫瑰花,地板上、墙壁上、屋顶上……密密麻麻,红艳艳、羞答答,上面还有彩色的露珠在闪闪发光。

"饿不饿?吃夜宵还是去找宾馆?"

"你没预订房间吗?反正我不饿,你要是想吃我就陪你。"

"外出旅行,我不会提前预订房间,我喜欢走到哪儿住到哪儿……你随便指个方向,我俩就朝着那个方向,遇到的第一家宾馆,就是我们今晚的落脚之处……"

她蹦蹦跳跳，指着弦月道："那我选择月亮的方向，你要怎么带我去？"我笑道："朝着月亮的方向啊，我怕遇见嫦娥，我怕被她吸引，留你一个人在杭州……不太好吧？"她白我一眼，道："嫦娥呀……早被那些有钱的人带走了！你想都不要想。"

霓虹亲大街，春风吻人间。半月同我行，蜜意伴我存。

只是，这"人间天堂"只见高楼大厦不见亭台楼阁，有些让人心生失落。印象中的杭州，当是处处水巷小桥、烟雨楼台，不是吗？

"无忧，你看那边，有个宾馆……"

"你就这么迫不及待吗？"

"你再这么不正经，我就不理你了……真的是讨人厌！哼——"

鉴于上次的经验，我毫无顾虑，欲开一间房。

但她却说："你还是开两间房吧，我想一个人住。"

我疑惑道："上次……不是挺好吗？这是怎么啦？"

她一脸不愉快道："这次不一样！你满脸的不怀好意，有些让人害怕。"

我只能放低姿态，诚惶诚恐地道："咱先开一间房试试，回头再开一间怎么样?"

她扑哧一声笑了,道:"这样啊……也好!那你可得多跑一趟咯。"

究竟是我的表情,还是我的说话,逗乐了这位愤怒的维纳斯呢?

我的手战战兢兢——现在想想,这也是一个症状。当时我却以为是天气冷的原因——房卡就是插不进卡槽里。她在一旁看不下去了,就脸色一红,扶住我的手插了进去。

房间里悄无声息,深褐色的窗帘安安静静地在墙角,被卷成孤零零的一卷。

掏出一支烟,发现烟没有味道。我心想,难道这烟是假的?可一小时前都还是有味儿的!

她默默地进了洗手间,约一支烟的工夫,才心满意足地出来了……

她刚刚洗脸时湿了的头发在发际处紧紧贴着脸,脸颊还残留有汗一样的水迹,既妩媚,又真实,且动人。我的心啊,顷刻之间被融化了……

我清清嗓子,顺窗台拉一把窗帘,外面的世界就被藏匿了。窗帘在空调作用下开始起起伏伏。

黑发尤物，娇艳欲滴！

如果得到她的结果是我要下油锅，那我也是愿意的。

于是我慢慢试探她的反应。专注于玩手机的她只是说了一句："别动！人家在忙呢，你讨厌！"

斗牛场被激怒的公牛啊，毫无理性可言，横冲直撞，破坏力极强。

唇盾舌矛，如疯如狂。重重叠叠，如铁如桶。我突然恨死了冬天这个季节！

层层难关保卫的是一颗璀璨夺目的大珍珠，受阻的士兵忽然就士气大振了。

她面团一样在我的手掌心翻滚着……

士兵面前的困难越来越简单。最终，他扛着攻城锤跨过了护城河，撞破了城门，士兵爬上城楼，俯瞰着自己所征服的世界，大有称王称霸之感。

她的珠穆朗玛峰荡漾开了！几个回合下来，她的头发乱了，香汗也闪闪发亮了。在她迷离的眼神里，我仿佛听到仙乐般的旋律，那是一曲绝美的琴箫合奏，飘荡在幽然空谷……此时，我感觉我得到了爱情的灵魂。我心想，爱情就应该是这么有血有肉有灵魂！人世间还有比这更妙不可言的吗？我真的想不到有什么事能及得上。

"还记得你去我的家乡旅游吗？"

"当然。若不是因为元旦节让我见到实实在在的你，我们就不会有今天……

"那一晚，偌大的咸阳机场，空荡荡、冷凄凄，行人我统统看不见，注意力全在你身上。有些忐忑、有些期待、有些惧怕……仿佛饥渴的汉子即将掀起红盖头。发动机的轰鸣声响彻天空，或由大到小，或由小到大。我明白，那是你靠近我的声音，声音越大，我的心跳就越快，后来，声音让我的耳朵阵痛，紧接着，声音开始直线式减弱，最终伴着一声巨大的放气声变得鸦雀无声了……我的心跳化作了急切的脚步……每一个出站的女子，我都会仔细打量。她们肯定以为我要么是色狼，要么是神经病！

"突然，一只手拍上了我的肩膀，芳香四溢。我回头一看，那不正是你那张熟悉又陌生的面孔吗？四目相对的一瞬间，我有些愣呆，你羞答答地低下了头。当时我们都有些尴尬。纵使在网络世界已经像夫妻一样聊天，但见面还是需要一点时间的。你左手挽着白色羽绒服，右手挎着红色手提包，身穿橙色羊绒衫、黑色修身裤，脚踩紫色长筒靴……整个一道接天连地的闪电!"

"我当时只觉得你的羽绒服跟不上时代了……"

"你浅浅一笑,无意间露出两颗可爱的小虎牙,伴着一对迷人的小酒窝。那是一杯令人如痴如醉的美酒煮花香。我当时真的骨头都酥了……"

"我那时觉得你高大挺拔、眉目和善,很有安全感。"

"隔天,我们去了太平山……"

"那庙宇门前的松柏很有寓意,有的枝丫已经枯槁,有的枝丫依旧苍翠。我就萌生了让你许愿的想法。我强拉着你跪在神像面前,让你焚香祈祷并许愿。你却说你不相信,固执得要死,害得我只能替你许愿。"

"出庙门时,天空飘着鹅毛大雪,我看着雪花争先恐后落在你的发间消逝了,心想,你美得连雪花也甘愿消亡在你的温柔乡!"

"你还打趣我许的愿望是让下雪呢。真是讨厌!我说我许的愿望是关于你的:让沈无忧快快健康如初吧!若是这个愿望灵验了,我会一辈子信你这尊神……"

"我当时望着你天真无邪的脸,感动得湿润了眼眶,还说了一句:'恼人的雪花啊,你为什么偏偏要跑到我的眼睛里头消亡呢？'那一刻，我就喜欢上了你。喜欢你，让我变得勇敢。于是我没有了自卑，想着恢复健康后拼尽全力，给你稳稳的幸福……"

停顿一会，我忽然想起当时写的四句诗，就脱口而出："天地迷雾重，年月醉意浓。欲睹此山春，急心似火红！迷雾终消散，醉意长久难。我雨柔北风，愿君笃信念。"

"你是真的爱我吗？"

"当然是真的！我从来没有这么认真过。"

她看着我的眼神，或许感觉到真诚了吧，就点了点头。

"我们是不是先性后爱？"

"或许是吧，也或许不是。"

当日的天空，早上还是雨夹雪，下午太阳就扒开云层露出了笑脸。如此天气，对游西湖的我和独孤爱，是一种求之不得的完美——一日游胜似多日游哩。

清晨的西湖，雪遍地，万物皆裹大棉被，给人以错觉：难道西湖的每一寸肌肤都怕冷吗？

忽然，独孤爱抽走插在我兜里和我紧握的手，向前奔跑去，身后留下一串串小小的脚印，仿佛一串串欢声笑语。你看哪，这些脚印的颜色越来越深，越来越深……

此刻，我感觉自己是世界上最幸福的男人。

午饭时分，我牵着她，自断桥走过。

"无忧，你看！白娘子和许相公正站在桥头执手相望呢。"

我摸摸她的额头，想象着自己是许汉文一样的大夫。

"没发烧哇，怎么尽说胡话？"

她瞪我一眼。

"你是木桩子……浪漫和你无缘！"

我随即握住她的手。

"娘子，我懂了！你看，白娘子和许相公正站在桥头接吻呢。"

她又瞪我一眼，欲说什么，但没有出口。

寻一处湖边美景，坐下，她打开背包取出汉堡，随手剥开一个递到我面前。咬一口，汉堡是幸福的味道。她脸上的幸福荡漾开了，我吃得比她脸上的幸福还要幸福。

我望着断桥残雪，心想，这条坦坦荡荡的桥，原来是"残"的是"断"的啊！

忽然，一阵小小的、暗暗的刺痛，袭上心头。

"我怎么听不到你的心跳哇，你还是昨夜以前的沈无忧吗？"

"我啊,已经不是原来的我了,我永远是现在的我。原来的我,就让他去陪伴曾经的你;现在的我,才可以陪伴现在的你……我将永远以此时此刻的我来陪伴此时此刻的你。如果有一天,我发现自己没有能力给你幸福,你就让我去陪伴孤独吧。"

没想到一语成谶!多年以后,我的确陪伴着孤独,难道这是命中注定的吗?不是!只是因为我早先种的"因"已经在发挥作用了!

她只是脸色一沉,没有说话。

阳光开始探出头,冰雪也就全都消融了,人世间仿佛有无数只吃雪的妖怪。

阳光照着西湖,它的容颜仿佛被涂上一层清漆,其俊美远胜于一分钟前。远处的美景,则相对显得模糊,透着些许的朦朦胧胧:这是春风得意在眼前,雨雪霏霏在远方吗?

我发现,湖里的世界较外面的世界更为美丽。

不知不觉间,我们到了雷峰塔。

入口挂着金匾,赫然写着"雷峰塔"三个字,给人以浮想——赵雅芝扮演的白素贞初见"雷峰塔"时的惊讶与心事重重突现于脑海:雷峰塔下,是否真的关押着一位如赵雅芝般娇美的蛇妖呢？

走进雷峰塔，映入眼帘的是一堆原塔的残躯，厚重的土坯给人以沧桑感。游移在雷峰塔的过去与现在之间，我唏嘘不已：过去已去，但现在离得开它吗？现在的雷峰塔，只是一种对过去的雷峰塔的模仿，它始终脱离不了过去的雷峰塔。如果没有已经倒塌的土坯雷峰塔，现在金碧辉煌的雷峰塔定将不复存在。由此可见，现在光彩照人的雷峰塔的躯壳里拥有着已化为尘土的黯淡无光的雷峰塔的灵魂，两者是形体与影子的关系。

"每一个璀璨夺目的现在……都有一个黯淡无光的过去！"我感叹道。

"过去如母，现在是子！"独孤爱凝神道。

我惊讶于她说的话：难道她会读心术？突然，我倍感亲切。

我们乘坐玻璃客梯到达雷峰塔的高层。

墙壁的木雕壁画引人入胜，鲜活地演绎着白许二人的爱情。雕工栩栩如生，令人叹为观止。木雕与木雕之间，隔着一道道通往外围走廊的大门。外围走廊上，乌压压全是看风景的匆匆过客。你站在塔上看风景，看风景的人在塔内看你；西湖装饰了你的眼睛,你装饰了别人的视线。

走到木雕"断桥相会"处,独孤爱忽然停下了脚步。

"爱情,得经历多少风风雨雨,才能修成正果?!"

"只需要一个孩子,便能修成正果。"

我忽闻一阵音乐从顶层传来,那声音能涤荡人的心灵。

带着好奇,我们迫不及待地跨向顶层。

顶层的格局复制了其他层的构造,若非一个金顶,你肯定不会有自己身在顶层的感觉。那一片空荡荡的金灿灿,反射着强光,仿似佛祖显圣之境界;金漆屋顶,满绣佛像,是寓意"佛光普照"吗?天上有佛,人间有我,佛看着我,它那得意的笑容让我心痛。

我们到外围走廊。那窄窄的走廊,有八个死角。

"我这么逼你到死角,你如何能逃得掉?"我逼迫独孤爱到一个死角,道。

"逃不掉!我也不想逃掉!"她深吸一口气,道。

"如果非让你逃掉,你有什么办法?"

"唯一的办法……就是赶走你。为什么这么问?"

"我的人生,走进了这样一个死角……健康逼迫的我!"

"一切都会好起来的!未来的日子有我陪着你,走出这个死角。然后,共同奋斗明天。"

整个顶层都陷入了寂静,只听得到风吹的声音。

"划船,我想去划船。"她说。

泛舟于西湖的浪尖,除了四只脚在忙碌外,其他都处于清闲状态。

安安静静的湖面,被螺旋桨一搅,泛起了片片浪花,白色的泡沫飘飘悠悠,待泡沫消散尽,西湖就仍是安安静静的了。

西湖的浪花,让我思绪万千:

"湖面的浪花是否曾到过湖底?湖底的浪花是否与湖面的浪花一个样?

"大自然的杰作,人永远得不到标准答案。你只能通过事物留下的一些蛛丝马迹推断出一个大多数人认为合理的答案。较之大自然的大,人永远是渺小且卑微的:唐山大地震、印尼大海啸、汶川大地震……人如何能凌驾于大自然之上?!远处那一树红梅花,今年开的花与往年一模一样吗?大自然看似亘古不变,实则是变幻莫测的。

"正如这西湖的浪花,假如湖底的浪花瞬间跑到湖面上,那我与独孤爱定然会顷刻间化为大自然的静物。湖底的浪花只有以时间为历程、以温度为助推力逐渐地泛到湖面上,人才不会顷刻间化为大自然的静物。

"我们应该无为而顺应自然规律。那么对于命运,我们应该无为而顺应吗?

"寄身于世上,人生有顺境有逆境,大多数人还是身处逆境时更多。如果你的人生一帆风顺,那只能说明你的人生没有太大的意义。好比一条船,浮浮沉沉于一条河,顺流而下,目的地是所有船只聚集的茫茫大海。途中会有许许多多的狂风暴雨,有时船只可能会被掀翻,有时则会被搁浅,也或许永远不会回到河道……船只的遭遇只是一系列偶然的组合,事先并没有什么全知全能的人安排,只是由其自身的形状、材质、重量和河水的流量、缓急、宽窄以及外界的温度、风向、浮木等所决定罢了。

"海伦·凯勒说,对于凌驾于命运之上的人来说,信心是命运的主宰……"

前方的湖面安安静静,后方的湖面在想象中逐渐平息,只有我的周围水花翻滚。

"你一副魂游太虚的神情,在想什么?我就在你的身边,你可别告诉我在想我……"

"你在我的身边我还想你,那才是真的想你。你看这漂浮的孤舟，这是你寂寞的芳心；再看那湖中借力于浪花的螺旋桨，那是我对你的爱的力量。你的芳心偶然漂进我的波心——浪无舟无用，舟无浪不行！"

"孤舟永远想漂浮在湖心，它天生的使命就是要漂浮在湖心。"

"湖心永远需要这叶孤舟，它需要这叶孤舟来展现灵气。"

"雷峰塔看到了，西湖听到了；雷峰塔不倒，西湖不竭，你我就不敢绝……"

小舟穿过拱形桥的圆洞，我们到了西湖的另一边。忽来一阵冷风，吹舞了她的黑发。

湖面飞彩云，蓝天泛清波。酒醉杨柳岸，脚小雷峰塔。

夕阳染红了独孤爱。

次日，春日的温暖战胜了冬日强弩之末的冷，宛如年轻人的拼搏初见成果。

"亲爱的，今天是什么日子，你知道吗？"

"今天是什么日子呀？"

她顿时显现一脸的失落。

"算了吧，反正你也不记得……"

当她的失落变成绝望时，我将一朵偷偷买来的玫瑰花，递到了她的眼前。

"情人节快乐！我纵然想不记得，但街上的那些情侣，肯定会提醒我的。"

她勉强接过玫瑰花，脸上强露出一丝喜悦。

踏进灵隐寺，世俗洗佛陀，佛陀变成一尊泥胎，泥胎也就成为街边一道风景。

不远处有一尊弥勒佛，肥头大耳，笑口常开，充满了感染力。

夕阳下的灵隐寺，给人以祥瑞和谐感。

走在青石板的拱形桥下坡，我正陶醉于灵隐寺的安静。

"济公抢新娘子咯，大家快跑……飞来峰要飞走了！"

说罢，她就猛然扑到了我的背上。但令她没有想到的是，她这一扑，使我俩同时倒在了地上。

当时的我，已经身在失去平衡的边缘，走路抬不起脚尖，经不起别人的碰撞。如果面前有人奔跑而来，我就会心惊肉跳。走到高大的物体跟前，我会不自主地扶一把……

倒地的瞬间，我只觉得自己跪在了搓衣板上，一阵剧痛袭上心头。

我感觉得到血液渗出来了，黏糊糊、湿嗒嗒，自膝盖开始，划出一条痒痒的线，然后，白色的袜子开出一朵玫瑰花。

此时此刻，我油然感觉她离我好遥远！佛陀不再是街边一道风景……

第三章

开颅去病因
难解命运果

第三章　开颅去病因　难解命运果

在我的老家，人们并非全年忙碌，忙碌的只是从万物复苏到林寒涧肃这一段。

现在，人们已经停止劳作，开始享受一年的劳动成果了。天晴的日子，他们聚在太阳底下，一打开话匣子就是整个下午，直到老婆喊"吃饭"，他们才会意犹未尽地离去。大多数时候，他们的话题离不开年轻人的婚姻：谁家儿子结婚早，那便是有了大本事；假如一个男孩年过二十五岁仍然未成家，那便是铁定没出息了。

父亲不敢出门，整天窝在家，心事重重。原因不止我因为疾病再一次回家。你看，那阳光底下滔滔不绝的人都抱着大孙子呢，那肉嘟嘟的小手还捏不住爷爷的大拇指。父亲看着这一幕，总是失魂落魄。想到自己的长子眼看就要三十岁了，还是大学毕业呢，别人家没上过学、比他小的，孩子都跟电壶一样高了！

那个时候，我认为乡民们的生活是一种病态——整个冬天无所事事，把生命浪费在说别人闲话和玩手机上；现在来看，他们才是真正地活着，只是他们的喜好是说闲话和玩手机罢了。也难怪，如果他们有一定的文化，肯定会和现在不一样。

这一天，奶奶虽笑嘻嘻的，但掩盖不住愁绪地对我说："要不让你爸带你去医院……"

我立即打断："我又没病，去医院做什么？"

奶奶继续道："做个检查。你这次回来，脸色都不对！"她的话语之间流露着对我的担忧。

我大吼："我没病！我没病！我只是身体欠调养，中药调理调理就好，检查什么？你是不是希望我得病？"奶奶默不作声了。那面容仿佛在说，你上一回回家不就吃的是中药吗，怎么没见调理好，反倒有加重的迹象呢？

我一直很抗拒去医院，我始终觉得自己没大碍。

没多久，父亲就和奶奶统一了战线，轮番甚至一起劝我去医院检查。再后来，奶奶和父亲又统一了爷爷和二叔。这一次，全家在饭桌上开始"围攻"我，就连少不更事的堂弟，也加入了他们的阵营。终于，我无法忍受，就答应了他们：为了寻得一刻宁静，为了让家人从此安心……这一天，全家人都冒口大增，父亲还特意开了一瓶好酒，最后以饭菜不够而收场。

市医院的脑CT显示，我的颅腔内有一个黑影。

医生说那是一个囊肿，但对身体的影响微乎其微，不可能导致语言障碍、力量减弱等问题。医生的话让奶奶他们安了心。唯独固执的父亲还偶尔疑神疑鬼，他始终觉得我脑袋里的囊肿应该接受手术。见他心神不定，我就安慰他说，过完了春节就去医院做手术。其实我的真实想法是过段时间他就忘记了。但一个父亲怎么可能忘记儿子的事情？忘记他自己更容易一些吧。父亲点了点头，默许了我的说法。

时光如白驹过隙，转眼已是元宵节。

老家的风，越吹越柔，荒草地潜伏着嫩绿，气势汹汹，一触即发。

我与独孤爱的"爱情之旅"也算圆满地画上了一个句号。临别之时，她与我约定：一个月后，我去见她的父母，若是他们不反对，我们就共结连理；往后的岁月，她继续在长沙做老师，我会去长沙追逐自己的梦。

"还记得年前答应过我什么吗？该是兑现的时候了！"父亲一脸严肃地道。

此时此刻的我，抵触依然，觉得自己根本就没什么事，只是欠调养。

"记得，过几天吧，过几天就去省城……"我极不情愿地道。

"答应就好，答应就好……答应了就好！"父亲高兴地说道。

三天后，父母亲便陪着我，踏上了去省城的客车。三颗心有着共同的目标、共同的期许。

我的父母亲都是地地道道、勤劳俭朴的农村人，善良到呆板，诚实到低智，稍稍一个谎言就会信以为真。父亲是村子里老一辈中屈指可数的高中生，在那个文化程度普遍较低的年代，他算得上一个响当当的文化人。母亲虽未上过学，却是一个鲜有文字能难倒的有心人。据母亲口述，她早年在北京打工，曾照顾过一位病退的教师。她刻苦学习的精神感动了教师，于是，他便每天教她识字，今天学一个，明天学两个，久而久之，她也就成了半个文化人了。

我心想，我之所以是村子里第一个考入重点大学的学生，大概就是因为我继承了母亲刻苦学习的精神吧。

大巴车里，父亲一会儿上网查找医院信息，一会儿打电话咨询医生和专家，一会儿托熟人打听医院的情况……一切能想到的办法，他都会逐一地试一遍。

"综合考虑……省人民医院最佳。人家是三甲医院，权威也安心。"父亲道。

晕车一路、呕吐一路的母亲，强忍着反胃与恶心，道："那就省人民医院吧。安心最重要。"

我并未吭声。我很清楚，对于父亲母亲，我的健康比他们的生命还重要千百倍。

窗外，黄土高坡连着天，冬春交界，万物呈现爆发前的宁静。

"不过……省人民医院挂号，估计很难！"

"你找个在省城的熟人，让他先替我们挂个号？"

听罢母亲之言，父亲露出不愉快："你是不是想让所有人都知道我们来省城住院了？要不要我再找几个人欢迎你来省城住院？妇人之见！我刚刚打听医院时你没听见我怎么说的吗？"对，刚才父亲说是替一个远房亲戚打听的。

母亲瞬间哑口无言，无力地笑了笑。

急速行驶的大巴车，把窗外的风景一一抛在了后面。乘客大都昏昏欲睡。

我用耳机塞住耳朵，听着Beyond《真的爱你》的刚劲有力的旋律："春风化雨暖透我的心，一生眷顾无言地送赠；是你多么温馨的目光，教我坚毅望着前路……"

莫名其妙地，我的眼角又一次闪烁起了泪花，鼻子也泛起了酸楚。

大巴车顺着高速公路，时而向左倾斜，时而向右倾斜……日落时分，我们便到达了省城。

"先在医院附近找个旅店住一晚吧，现在医院肯定下班了！"

母亲一脸苍白、一脸憔悴，眉头像挂着一把大锁。

"也只能这样了，没有别的办法。"

夕阳西下，天边一朵黑云，沉甸甸的。

我们走在省城的大街小巷，毫无对白地寻找着廉价旅馆，每一个空气分子都是一枚鹅卵石。

到一处面馆时，父亲说："先吃碗面吧，该是吃饭的时候了。"母亲却毫无精神地道："你和孩子去吃吧，我现在……吃不下！"我心想，吃不下？风尘仆仆九个小时，滴水未进大半天，怎么可能吃不下？我深深陷入了良心的泥淖。

铆足了劲儿，我埋怨母亲道："颠簸了一路，你怎么可能吃不下？先喝点水休息休息，等会儿必须吃一碗……"

母亲感受到了我的斩钉截铁,强颜欢笑道:"晕车了一路,胃都快吐出来了!这会儿……实在是没胃口。"听罢母亲的辩解,我耐心地说道:"正因为你晕车一路、呕吐一路,所以你更需要吃东西补充体力!"

同母亲拌着嘴,我走进面馆。

老板满面笑容,一边擦桌子一边热情地道:"菜单在墙上,想吃点什么?"看看我们三人的行头,他继续道:"你们……是来瞧病的吧?"说着,他拿纸杯倒了三杯水。父亲用老家话答道:"是的,我们是来瞧病的。"老板胸有成竹,道:"你们是礼县人吧?我老家也在礼县……"

我感到了他乡遇故知的亲切。

父亲跟老板聊着有关医院的事,我和母亲好奇地听着。四人都全神贯注,全然忘记了吃饭的事。足足一刻钟,老板终于意识到了我们是顾客,指着墙上的菜单道:"你们先选选,选好了说一声。"父亲随声道:"就要三个炒面片吧。"母亲收回端到嘴边的水杯,道:"给我要个牛肉面吧,炒面片太干了。"父亲一副恍然大悟的样子,又说:"炒面片一个加牛肉。"我把加牛肉的一碗硬是给了父亲,父亲又把两片肉夹给了母亲,母亲又偷偷把它们放进了我的碗里。

母亲吃了一大碗牛肉面,恢复了精神。

天边那朵黑云忽然不见了,只剩下残阳如血。

到了一处旅店,父亲对年过半百的老板说:"老板,要两间最便宜的房。"话音刚落,我就变得面红耳赤了,恨不得有个地洞钻进去。父亲猝不及防的一句话让我耿耿于怀。老板打量了我们三人一眼,似乎看穿了我们,露出一脸怜悯,客气地说道:"你们是从医院过来的吧?"父亲道:"我们刚到省城,明天才打算去医院。"老板叹道:"这段时间啊……医院人满为患!你们挂好号了吗?一号难求!"

老板带我们到了房间,就转身离去了。

估摸着他走远后,我埋怨父亲道:"搞得自己像乞丐一样,不嫌丢人吗?"然而,父亲却异常冷静地道:"钢,得用在刀刃上!你这孩子,别死要面子活受罪。我问你,住差的房子难道睡不着觉吗?"顷刻之间,我有如醍醐灌顶:平日里,我总是在提醒自己,面子没那么重要;但到了关键时刻,却是很注重面子!我心想,难道我是个言行不一的人吗?

躺在旅馆的小床上,我渴望能早日康复,好报答父母的绵绵恩情,好与独孤爱喜结良缘,好一展自己十多年的真才实学。人在世间走一遭,好比大树朝天,父母是深藏于泥土的

第三章　开颅去病因　难解命运果

根,爱情是支撑茂叶的干,事业是笑傲长空的叶……

正想着,母亲突然推门进来了,我被吓了一大跳。

她笑嘻嘻地道:"你爸在抽烟,搞得房间坐不住人,我还是睡你这儿吧?"其实我知道,母亲是怕我睡觉害怕,而故意找个借口给我体面——我从小就胆子小,不敢一个人黑着灯睡。这是亲人们皆知的秘密。我大吼道:"我有什么好害怕的?整个城市都是人,我有什么好害怕的?"母亲刚一踏出门,我便疑神疑鬼起来,隐隐约约觉得厕所的门在动。

恐慌之中,我一头扎进被窝。我究竟在害怕什么呢?

隔天一大早,母亲便走进我房间,低声道:"我和你爸先去挂号,你再睡会儿,起床后一定要吃早餐,知道吗?"见我没反应,她摇醒我,重复了一遍刚才的话,并继续道:"挂到了号我就给你打电话,接到电话你得马上来,知道吗?"

母亲恢复了本性——啰唆、麻烦!

约两小时后,他们就回来了。

母亲高兴地说道:"等了俩小时,终于挂到一个专家号,不容易呐!"

见我依然在裹着被子,父亲提高嗓门道:"都十点钟了!你还在睡呀?"

"不是说……挂好了号就打电话给我吗？"

"挂了一个下午的号……"

和煦的阳光消融了黄土地的干冷，行走在阳光下，父亲边脱着外套边念叨着：

"天气越来越热，春天真的来咯！羽绒服已经穿不住了！"

母亲脚步轻盈，带着一身舒畅。

你瞧！父母饶有兴致，偶尔还好奇街边的一草一木呢。

我脑子里的美梦密密麻麻，如果脑袋是一座楼，那么我的美梦就住满了这座楼。

医院的氛围让人压抑！我很介意同医生打交道，他们的话，总能让你胆战心惊、疑神疑鬼。如果可以，我愿意一辈子不踏入它的地界。足足等了两个小时，医生才出现在视野。顷刻之间，整个医院的大厅都沸腾起来，堪比刘德华突然出现在公众视野。

自医生出现，我们又等了约莫一个小时，才轮到我问诊。

和蔼可亲的医生看着我曾经的脑 CT 胶片，道："你这个病……得接受手术！蛛网膜上的这块囊肿正在逐渐长大！"

听医生如此一说，父亲确定了他关于要"动手术"的猜想。

第三章　开颅去病因　难解命运果

"这个囊肿……是良性的吧？我们愿意做手术，请您尽快安排……"

听到父亲确定的答案，医生便让其助理给我安排手术了。

"现在还不知道是不是良性的，得手术后化验了才知道。"

医生的一句话，使三颗心提到了嗓子眼儿。

不一会，助理便打出一张张检查单，交到了医生手里。

医生看看检查单，朝我微笑道："你运气不错！最近手术的病人不多，所以给你安排了后天手术。"

医生将检查单递给父亲，道："你先带病人按检查单做个全面检查，然后拿检查结果给我。"

医生的话让我很受伤，他的"你先带病人"深深刺痛了我：现如今，在他的眼中，在所有人的眼中，我已然成了一个需要人照顾的病人！

见手术安排很顺利，父亲母亲都很高兴。

"若是你的身体恢复也能这么顺利，那该有多好！"

忽而，母亲的表情由喜转忧，她说道："手术是安排得很顺利，不过……手术费恐怕得需要不少吧？我们的积蓄肯定不够！"

听了母亲的忧虑，父亲的笑容渐渐消失："手术费啊……

只能先打电话向亲戚朋友借了，没其他办法！不过你也不要担心，等娃娃恢复了，自有他担着……"

听到"恢复"两个字，母亲的脸上又挂上了笑容，比半分钟之前更灿烂。

到一楼的缴费大厅，父亲战战兢兢地拿出了银行卡。

按照上面罗列的条目，我们逐一地做检查——验血、验尿、量体重……整整跑了一个下午；那一幢十六层的门诊大楼，我们几乎踏了个遍。

眼看即将下班，父亲说："还剩一个核磁共振，要不明天再做吧？你们都饿了。"

母亲却胸有成竹地道："核磁共振应该需要提前预约的，我们还是先去看看情况吧。"

母亲曾在医院做过护工，所以，她比较清楚医院的办事流程。

为了节约时间，我们直接来到一楼的大厅问询工作人员。

核磁共振室已是空荡荡的，光线很昏暗，只有零星几颗昏黄的日光灯亮着，使这里如鬼屋、似梦境。身在此间，我的恐惧堪比满身鲜血的鬼魂忽然游荡到眼前所造成的惊悚——

后来，从父亲母亲与亲戚朋友的谈话中，我得知了当天晚

第三章　开颅去病因　难解命运果

上他们的所思所想。

父亲说:"打开头颅？三国时期的曹孟德，就是因为华佗的开颅建议而恐惧到杀了他，千古遗恨；关云长则因为接受了华佗的刮骨疗伤而成为勇敢的代名词，千古流芳。试想，若是曹孟德需要刮骨疗伤，而关云长需要开颅，那结局又当如何？刮骨疗伤的最坏结果是损失一条胳膊，而开颅的最坏结果则或许是让生命告终。这就好比一次笔试测验，关云长在阳光底下做试题，而曹孟德则顶着月光瞎猜。身在高科技时代，我能接受开颅，但内心依然有着曹孟德一样的恐惧：万一开颅失败，那将会怎么样？后果不堪设想！"

母亲说:"打开脑袋，得有多么疼啊！无忧是长子，从小到大捧在手里怕摔了、含在嘴里怕化了，从来没有受过一丁点儿委屈。打开脑袋，得有多么疼啊！我这儿子啊，还很心善，就是街边遇到乞丐，都要给一块钱。脾气也温和，不像我那老二，见天地挨打……现如今，打开脑袋，得有多么疼啊！如果可以，我当时倒是愿意替他挨这一刀子……打开脑袋，得有多么疼……"

当天晚上，他们都没有睡着。正如后来母亲所说:"我的心口压着一块磨子。"

早晨八点，我们三个人准时等在核磁室的门口。但直到八点半，医生才捏着鸡蛋壳打着饱嗝出现了。

"除去身上所有的金属配饰，跟我进核磁室。"

女助理闻声跑出来，慌忙拿两团棉球给我。

"金属配饰都除去了吧？另外，有没有镶金属牙？体内有没有手术留下的金属？"

见我只是微笑着点头或者摇头，不吭声，她肯定以为我是智障者或者聋哑人，否则，她怎么会将同情的目光转向父亲呢？父亲笑容难看地道："都已除去，没做过手术，没有金属牙。"女助理便安心地点点头，道："那就塞住耳朵进核磁室去吧。"

医生将我的手脚死死捆绑住——我在寻思，难道它是一匹野马，遇到慕名而来的陌生人会展示下马威？震耳欲聋的嗡嗡声，让人烦躁不安；黄中带绿的激光束，横扫我的躯体；摇摆不定的核磁舱，忽上忽下忽左忽右，胃开启翻江倒海模式。

你只能强忍一切既有的不舒适！仿佛人生路上的苦难折磨，你只能忍受。我感觉自己就是一只囚困于牢笼的狮子，无能为力于现实境况。既是无能为力，还能怎么做？痛痛快快接受既有的现实，总比痛苦煎熬着要好些吧？多年以后，我时不

第三章　开颅去病因　难解命运果

时地就被五花大绑在一台核磁机上。

父亲去找医生安排明天的手术了。

我和母亲木然地伫立在医院门口，宛如黄河边上的两个黑色铜人。

医院门口，人如大雨前的蝼蚁，纷乱嘈杂。

"你的手术在头上，应该要剃掉头发吧？"

母亲说得对！开颅手术怎么可能长着头发做呢？穿着衣服洗澡肯定是行不通的！

"是啊，肯定得剃掉！"

理发店里，美女接待热情地迎接我们。

屁股未坐稳，她就滔滔不绝起来了。看她那副认真的神情，我竟有些不好意思打断。

母亲说："不好意思啊，我们是来剃光头的。"美女一愣，惊讶道："剃光头？显然不符合他的气质呀！"母亲苦笑道："他需要剃光头，明天做开颅手术。"听罢母亲的解释，她便无言以对，莞尔一笑，转而又开始安抚我，有如一位老朋友。

头发雪片一般落地，我的心为之一颤。

镜子里的我，脑袋瓜子闪烁着太阳之光，耀眼到令人不忍直视。

母亲望着我光亮的脑袋，眼中分明噙着泪，却惊讶道："这还是我儿子吗？想你刚刚还是一头浓密的黑头发呢，那么英俊潇洒，可现在……"母亲抹一把眼泪，继续道："这挨千刀的破病，真是不长眼睛啊，这世上那么多人，为啥偏偏找上你？它要是个能听得懂人话的，我非掏出它十八辈祖宗不可。"

我没想到，一向脾气温顺的母亲，居然也会骂人！

我理解做母亲的心：儿子原本的模样才是儿子的形象，这一形象不容改变，哪怕一丝一毫也不行。但这一次，我却彻底改变了形象，还是因为一个悲伤的理由。

我何忍再给她添堵？遂风轻云淡地安慰她："不要悲伤，剃光头是为了健康。"这是一个令人开心的理由！

次日，大雾深锁省城整座城市，阴雨绵绵。

春雨不计回报，滋润大地，大地以新绿作为回报；我渴望，此次手术也能让我的生命之树生出新绿，以回报春雨的无声无息。

睡梦乍醒，现实虚假一片，所处环境的落差感，让人失落不已。

我迫使自己回到现实：昨天，我住进了医院；今天，我将接受一次开颅手术。为什么，为什么我刚刚做的梦，却是与独

第三章　开颅去病因　难解命运果

孤爱拜堂成亲呢？

我心想，人生最大的痛苦，莫过于这种落差感。

昨日下午时分，我住进了医院。

省人民医院的住院部大楼是一座环形建筑物，周围分布着病房，护士站夹杂在其中，如果说一层楼是一串珠链，那么，住院部就是由十六串珠链叠成的一座瞭望塔。中间部分设有两个相对的大半圆——一边半圆设电梯，一边半圆是黑漆漆的楼梯口；电梯与楼梯之间，隔着一个宽敞明亮的大厅。从四周病房到两个大半圆，隔着一条环状人行道。墙壁处布满了金属扶手，那是一排排拐杖立在靠墙处。刚入院的病人，脚步沉重、愁容满面；恢复中的病人，脚步轻盈、如沐春风；欲出院的病人，感恩戴德、笑容可掬。几家欢喜几家愁！我心想，没有什么地方的喜怒哀乐能比这里的更真实。这是一处天使与恶魔的战场：天使总是面带微笑，偶尔面目狰狞；恶魔永远冷酷无情，偶尔杀人舔血。

护士长看着我的住院手续，一脸不耐烦，领导一样地说道："现在……床位紧张，你先自己拿张简易病床……"说着伸出右手食指，向一个正在走来的护士弯了弯："住在楼道吧？等明天做完了手术，我会想办法给你安排一个床位。"

我心想，大医院的护士长，真的是个大人物！

父亲赶忙点头哈腰，道："不碍事，只要手术完了有床位就好。"

我寻思着，谁愿意在医院拥有床位？熙熙攘攘，都是迫于无奈。

清晨的住院部大厅，活像是电视里的难民营。靠墙处，搭着一个接一个的简易病床，上面躺着一个个健康的灵魂，只有电梯口、楼梯口，留有丈余的空隙。宽敞的大厅灯火通明，除正中间留有一条路，其他地方都是密密麻麻的地铺——家属的地铺。

护士尖锐的声音吵醒了病人，也吵醒了家属。

我的父亲母亲，因为前一日太劳累的缘故，睡得深沉，以至于没有被护士尖锐的声音吵醒。我心想，他们定是悬着一颗忧虑的心直到天明才入睡！

护士见自己的嗓门并未叫醒所有人，就急匆匆跑到大厅，用脚尖摇起了睡梦中的家属。

这一幕幕画面，我看在眼里、怒在心里。

住院的病人和家属就得受到这样的对待吗？！

被强行叫醒的父亲，揉揉惺忪的双眼，打着哈欠说道：

第三章 开颅去病因 难解命运果

"你们想吃什么？我去买早餐。"

母亲闭着眼睛道："给娃娃买点有营养的，我不想吃。"

想着开颅手术，我的心情极其复杂：若手术失败，我将会在无知无觉中死去，那时我会不会有痛苦？父亲母亲定会痛不欲生！他们将如何归家？如何向亲人解释？我最担心的，莫过于父母那双绝望的眼睛泪流不止！

不一会儿，父亲便拎着早餐一瘸一拐走将而来——之所以会一瘸一拐，是因为他曾做过一次腰椎手术。我很珍惜这一次吃早餐，我有必要把它当成最后一餐！

拥有乐观的心态，但也要做好最坏结果的打算。

见母亲不吃早餐，且表现得魂不守舍，我就要挟她：你要是不吃，那我也不吃了！

我很清楚，拿自己的身体要挟母亲，定是百发百中的。

母亲刚把一个包子拿到嘴边，医生就匆匆走过来。

"沈无忧，准备一下，马上手术……"

医生的话，让我内心一颤：这么快我就要面对失去生命的风险了吗？

说时迟那时快，两个医生已推着病床，来到了我的面前。

母亲的眼睛泛起一丝泪花，安慰我说："儿子，不要怕，我们等着你……"

父亲没有任何表情,也没有说任何话,只是目光中带着虔诚。

我看看父亲,再看看母亲。

"你们放心,这只是一个小手术,没什么大不了!"

上了手术台,我只觉得右手手腕被针刺了一下,左脚拇指被针刺了一下,极痛……

睁开眼睛时,已是躺在 ICU 的病床上。

陌生的房间,色泽怪异的点滴瓶;陌生的护士,怪异的电线连接着我的身体与机器;诡异的感觉,晕晕乎乎、如梦似幻。我心想,看来手术是成功的,否则,我肯定看不到这般景象。想象着美好的未来,我嘴角泛起了微笑。我失去意识的瞬间,发生了什么?脑袋里取出来的东西是什么?它是什么形状?我感觉口渴难耐,仿佛能听到自己的五脏六腑在干涸中运作的声音,有种被丢弃在漫漫无垠的沙漠的感觉。

望着来来往往的护士,我有气无力:"水……水……我要喝水……"

但她们好像都没听到似的。我的内心生出一丝恐惧和绝望。

第三章 开颅去病因 难解命运果

无数次,我重复着"我要喝水"这句话。一颗灼灼之心,多么期待她们能有所回应。

正当绝望之际,母亲忽然出现了——我看到了希望!希望是春雨,母亲就是春雨!

母亲一脸笑容,低声道:"我们在手术室外足足等了六个小时!出了手术室,你又进了这重症监护室……护士死活不让我们见你!直到现在,才通知我进来看你……都不让你爸进来呢。"

听到母亲的声音,我终于确信自己尚在人间,喜悦之情油然而生。

重拾希望,我急切道:"我要喝水,给我水喝!"

话音刚落,安静的女护士终于开口了:"按理说,他现在是不能喝水的,不过,你可以给他少少喝点儿。"征得护士同意,母亲随即将一根吸管塞进我嘴里。护士善意的提醒,早被我忘到了九霄云外。我贪得无厌地吸着,犹如非洲大草原一头饥渴的野牛来到水边。

水,经喉咙流遍了全身,滋润了五脏六腑……

一杯水下肚,我仿佛听到生命在歌唱,美妙且动听。

吃饭毕，母亲轻声道："住在这里一天得一万多。你得加把劲儿，赶快稳定，我们好转到普通病房，普通病房省钱得多。"听了母亲的话，我大吃一惊：一天一万多块，那可是工薪阶层两个月的工资啊！无论如何，我得赶快离开这个房间。

手术已圆满成功，省钱便是我的第一考虑。

第二天，趁着医生来查房，我鼓足气力道："大夫，我的状态……已经很稳定。我想转去普通病房，可以吗？"医生极为好奇，道："这里有专业护士二十四小时看护，为什么要急着转出去？"医生的话让我哭笑不得。我只得坦诚相告：这里是舒服，但费用太高了，我们承担不起。医生若有所思地道："看你的状态，确实不错，下午吧，下午就转你出去。"

得偿所愿，我高兴不已。

我正沉浸于离开 ICU 的喜悦，同屋一个患癌小伙却突然离世。他才二十五岁，正值美好年华！这么近地看到死亡，我刚才的喜悦一扫而光。尤其看到他妈妈发疯般地扑到儿子身上时，我已泪流满面。

这让我想到自己的母亲：假如我如这位小伙一般去世，我的母亲定然也会这样绝望！

到了普通病房，我仿佛站在了丛林边缘，我居然听到了久

第三章 开颅去病因 难解命运果

违的喜鹊的啼叫声。

父母亲满脸笑容，因为他们终于可以随时随地地见到自己的儿子了。之前，他们见自己的儿子一面，总感觉像我小时候从腊八节开始等待过新年，而新年总是一闪而过。

此外，经济方面的减压，也是我们的一大欢喜。

我恢复得很快，不到一个月，医生便有了让我出院的想法。

昔我来时，是风是雨是阴云；今我归时，是花是蝶是暖春。

出院当天，春色溢溢，阳光普照，清风洒洒。

本家爷爷——我太爷爷是他的大伯——说要开车送我，懒得折腾的我，正求之不得。

这位爷爷年龄与父亲不相上下，但父亲得喊他一声"小爸"。我这位本家爷爷，早年不安于现状，抛妻弃子独自闯荡省城，时至今日，闯出了一番事业，在省城混得风生水起，但没人知道他到底有多少财富。

坐在本家爷爷的小轿车里，我和父母有说有笑。

东山上的杏花开了，粉粉的、嫩嫩的，一簇一簇，挤一起、笑一起，随风摇曳，香香的、甜甜的，蜜蜂嗡嗡嗡，鸟儿叽喳喳。

爷爷奶奶早已在村口等我了！二老脸上洋溢着春风般的笑容，村口那两棵古老的榆树，树根裸露在外，龙蟠虬结、难分彼此，干巴巴的枝丫上也有隐约的新绿。

奶奶激动得热泪盈眶，一个劲地说："回来就好！病根儿都去了吧？"

母亲搀扶着我，笑道："去了！去得干干净净。"

第二天，父亲如沐春风，站在阳光底下，与那些忙里偷闲抱着大孙子的爷爷们打成一片，说着春天一样的故事。

一个牛毛细雨的午后，柳枝上结出的水珠解了麻雀旅途奔波的渴，花瓣上酿出的美酒醉了寻寻觅觅的蝴蝶。

顺着乡村公路，我上了东山，来到堡子前，打算探索一番堡子里的小世界。

年少时，每每遇到不顺心，我就会来到这里，站在这座堡子前俯瞰村子，总能把不愉快忘得干干净净。

据史料记载，这座黄土夯筑的毫不起眼的建筑物始建于北宋初年。当时的这里是宋与西夏的交界，战争不断，这座堡子正是当时修建的，用于村民避难。很难想象，这建筑物已经栉风沐雨了千年。

堡子是一个足球场大小的圆形建筑物，如果在空中鸟瞰，肯定是笼屉状，一只手柄朝我村，另一只朝邻村。小时候，我常常站在五米多高的堡子墙上玩耍。此时此刻，我想想都害怕！

堡子里面已经不是田地了，荒草萋萋。我慢慢爬上堡子的一个豁口，看到了一棵能结九种不同形状的果实的酸梨树，看到了翩翩的蝴蝶，看到了天地粘在一起的远方，或许我还看到了我自己——蹦蹦跳跳的我……

三个月的时间，伤口已然完全愈合，我已经可以洗头了。

其间，亲戚朋友来来往往，左邻右舍进进出出，个个带着同情的目光，诉说着"孩子受苦了"之类的话语。

有一天，母亲说："你的病根已经剜了，我们总不能一家子都闲在家吧？我打算去北京，挣点钱补贴家用。"我心想，怎么能让母亲再去打工呢。但迫于自己的身体，我只得听从她的安排。

伤口是完全愈合了，但我的走路、我的说话、我的力量，则是一点都没有恢复，甚至还有加重的迹象。对此，我很是疑惑：既然病根儿都已经去了，为什么我以前的诸多症状依然在？父亲也察觉到了，说："你手术做完都三个月有余了，但症状却没有一点点改善！要不我们再去复查一次吧？"

父亲的话道出了我内心深处多日的心声。

我答应了父亲，再一次去医院。

医生看着我的伤口说："手术恢复得非常不错，不过你的说话和力量，怎么没有恢复呢？或许你还有其他问题。我给你转到神经内科再查查去。"父亲忧虑地问："您觉得是什么问题？"医生不语。

几番辗转，我又住进了神经内科的病房。

天空，阴云满布，那么熟悉、那么沉重……

街边的秦腔爱好者用他们的喉咙表达着欢乐，黄河浑浊的水流中漂浮着一对对鸳鸯。

放眼黄河两岸，高楼林立、繁花锦绣，这就是美好的人世间！可好像与我毫不相干。

次日，我见到了神经内科的专家。

他先是将我的身体端详了一遍，后吩咐我坐在他对面的一个板凳上。他用小锤子敲一敲我的膝盖，我的脚不自主地踢了他一下。我顿时满脸尴尬，含混不清地道一句："对不起，我实在控制不住自己的脚！"医生却是胸有成竹，若无其事道："有没有肉跳？"

第三章　开颅去病因　难解命运果

我疑惑不解道："肉……跳？没有。"事实证明，没有肉跳只是暂时的，不到半年的时间，我的肌肉会像马达一样嗒嗒个没完没了。多年以后，当我用一个手指头敲下这些文字时，这种肉跳依然雷打不动地存在着。

他又问："你以前是做什么工作的，有没有接触过重金属或是放射性物质？"搜寻一遍记忆，我答道："我先是在一家国有石油公司做技术员，后来辞职到北京做金融工作，应该……没有接触过重金属或放射性物质吧。"

医生点点头，说："你先去做个肌电图，再验一下脑脊液，我们再确诊。"

医生又强调一遍："记住！先做肌电图，再抽脑脊液。"

父亲再一次战战兢兢地接过了医生开的检查单。

等着做肌电图的人，多如春运赶火车时，人挤人，排成一条长龙。

望着从头看不到尾的人，我有些绝望：何时才能轮到我？

排了三个多小时的队，就到了午饭时候。恰巧，不争气的肚子也咕咕叫了。我们不得不先去吃饭，下午再来重新排队。

狼吞虎咽吃完饭，父亲就赶着去排队了。我默默坐在滑

105

溜溜的大理石花园边上，温热的感觉比医院里头的椅子舒服得多。

父亲一踏进医院的门，便是杳无音信。我等了很久，再也等不下去了，遂起身走进医院。只见父亲无精打采，还等在肌电图检查室门外。

终于轮到我了。走进检查室，医生用眼神示意我挽起袖子和裤腿躺在床上。

医生将一根针刺进我的肌肉，偶尔还左右转动细针，似乎是在寻找着什么。那一瞬间，一种钻心的疼痛让人毛孔直渗冷汗。我甚至怀疑起她的专业技术来。

一个肌电图下来，我犹如大病了一场，全身每个毛孔都不舒服。

鉴于肌电图的疼痛，我对抽取脑脊液感到一丝恐惧。出乎意料的是，抽取脑脊液不但不用排队，过程还很轻松。

在检查室，两个医生坐在电脑旁。年轻医生指着近旁一张床，说："让病人进来趴床上。"

我刚趴下，他便撩起我的衣服，在我后背上贴了一片黏糊糊的东西。

不足十分钟，医生便示意已经做完了。其间，我只觉得像是打了一针。

医生说："你翻到隔壁床上去,我推你去病房。"

我浅浅一笑,道："没事,我自己走回去就好。"

医生无奈一笑,道："你自己走回去?那肯定是不行的。如果走回去,你会头痛的。"我忽然想到了神经内科大夫的提醒。他继续道："接下来,你至少得平躺六个小时,即使吃饭喝水也不能起来。此外,还得多喝水。"

神经内科大夫拿着检查结果,自信满满地道："你是肝豆状核变性!"

肝豆状核变性?那可是一种遗传性疾病。

第四章

晴空响霹雳
生命顿失意

第四章 晴空响霹雳 生命顿失意

我日日吃着青霉胺，时时盼着复康健。然，我服用此药大半年，愣是无助于病情。

逐渐加重的病情令我不得不怀疑"肝豆状核变性"也是一次误诊，否则，青霉胺应该会起到些许的作用吧？于是，我与父亲再次踏上了确诊的艰途。

路漫漫其修远兮，吾将上下求康健……

这徘徊于各个医院之间的提心吊胆的日子，着实让人心力交瘁；这游荡于悲喜之间的情感折磨的岁月，真的让人苦不堪言。我不忍心再看着我的家人受累和发愁，如果可以，我甘愿一个人自生自灭。

孟夏骄阳似火烧，羲皇故里把病熬。青冥湛湛起薄氲，鸣蝉声声生重恼。

人行道上，父亲疲惫不堪、愁容满面，寻找着即将入住的医院；我失魂落魄、六神不安，尾随父亲身后如尾巴。

我内心有着对健康的困惑和得大病的担忧。

父亲突然停住了脚步。终于结束了走路！放眼看去，一门口卧着一块大理石，熠熠生辉，赫然写着"四〇七医院"五个大字。

据父亲口述，四〇七医院是一家设备极为先进的医院，他觉得我恰好需要这样一家医院。对于父亲的选择，我一直耿耿于怀：四〇七可是一家私立医院。由于近几年看过媒体对私立医院的不少报道，我对私立医院心存警惕。

然而父亲一再坚持，身心俱疲的我也懒于奔波，于是就听从他的安排了。

不过，后来的经历告诉我，四〇七医院确实是一家正规的私立医院。

这已是我第四次入院检查。一个重点大学的毕业生，一个本该在职场打拼的年轻人，却常年奔走在各大医院，我心里的痛苦真是无以言表。

医生看一眼资料，微笑道："我建议你住下来，我们需要给你做个仔细的检查。"

听罢医生之言，我萌生一种不祥之感。

我再次住进了医院。医院对我来说，就是地狱般的存在。

第四章　晴空响霹雳　生命顿失意

我呆坐于病房一隅,人生开启飞行模式,唯思绪在天马行空。那是一片碧海蓝天,悠悠的海风抚摸一对爱侣,以及他们的笑容满面的父母。他们在休假,带着两对父母来看海。男孩躺在阳光里,女孩坐在海风中。他们静静地望着大海,大海也静静地望着他们。这该是多么幸福的日子!独孤爱是我最理想的选择,但此刻,她却远在天涯、远在想象中……

"沈无忧,赶快躺床上,我要给你做个检查。"

医生让我抬起双腿,保持在空中,随即按下了计时器,过了约莫三分钟,我坚持到无法坚持,双腿便自由落到床上,他赶忙做了记录。他又以其他方式检查了我舌头和手臂的力量,还问了一些关于性生活方面的问题。虽然我搞不清性生活与得病有什么关系,但对医生的问题还是如实做了回答,如一个知无不言言无不尽的小孩童。

检查完毕,医生走出了病房,留下一个房间的死寂。

我住的病房是个三人间,略显拥挤,有些异味。隔壁床是一位中年妇女。对面床上躺着一位如花似玉的大姑娘,十指鲜百合,面如羞桃花,像极了独孤爱。

坐在靠窗的床上,我继续凝固目光。残阳里,一位老人在水池旁的花丛中打着太极,不急不躁、自在悠然;一位女子坐在公园一角，如画中一般；墙外面，一位西装革履的年轻人脚步匆匆地走过。

隔壁床的中年妇女患有一种名叫"神经性头痛"的疾病。她已被反反复复的头疼折磨了五年之久，每当被问及病情，她都会流下委屈的眼泪。

"你是什么病？"女病人问我。

"……"

"他就是说话不清楚。还不知道是什么病。"父亲替我说。

女病人落落大方，一看就是忠厚善良之人。她是个当地人，白天来医院，晚上回家，所以她的床位晚上都是空着的。

善良的她，每次接受完治疗，临走时都会叮嘱父亲："你晚上就睡这床吧。"

简单的一句话，温暖了两颗受冷的心。

日复一日，这句话成了她的告别语。直到病情得到控制后出院时，她才改口："我先走了。希望你儿子早日康复，尽快出院。"

父亲连连点着头，情绪有些激动。

女病人前脚刚走，后脚便来了一位老人。

老人是一个农村人，六十多岁的样子。望其眼神、观其动

第四章　晴空响霹雳　生命顿失意

作、闻其言语,我不自主地想起了自己的爷爷。他们有一个共同点:都曾与"饥饿"这个魔鬼争夺过生命。

老人穿一件宽大的中山装,上面有明显的崭新的皱褶,看着与他的身材极不相称,定是家人估摸着给他做的。

老人很憨,逢人就笑,毫不顾忌他那烟叶子熏黄的大门牙。

"老人家,你是啥病?"父亲问。

老人并不知道自己的病名,他只是指着胸口比画,说:"我这心口啊,疼得不行,很吃力。"停顿一会,他继续道:"唉!老天爷瞎了眼,就是不收我。没办法。"

老人的话惹来了儿子的埋怨:"你就是个肺积水,哪儿那么容易死呀?"

不知不觉中,老人打开了话匣子。

"我这条命啊,是捡回来的,差点没被饿死。好不容易现在有了好日子过,人却一半装进了棺材。这几年,感觉大不如前,"老人一边摇头一边继续道,"大不如前。老人们都说,人生七十为鬼邻。我今年六十九了。"

说话之间,老人眼中闪烁着泪花。

老人原本有五个兄弟姐妹,饿死了一个,活下来四个,他是最小的一个。老人吃过糠、吞过草根、咽过树皮……那一段艰苦岁月，不也正是我爷爷经历的吗？

说到起劲处，老人提高了嗓门："那时候，穷得叮当响，人却很少得病；现在，不愁吃不愁穿，人却什么病都有！"说罢这一句，他停顿了下来。突然，他微笑着问我："你说说，这到底是划算还是不划算？"

我被老人问得哑口无言，只得赔笑着点点头。

几天后，医生再次来检查我的身体。他先让我平躺在床上，然后提高嗓门迅速说道："以你最快的方式起身。赶快！"医生的话让我来不及反应，我随即转个身，两手撑着床爬起了身。

医生全程目不转睛地盯着我。他们似乎早有预料，只是确定地点了点头。他给了助手一个确定的眼神，并低声嘀咕道："果然如此！"他们之间的交头接耳让我一头雾水。

我心想，难道他们已经确诊了我的病？我不敢问，我怕问出一个大麻烦。此时此刻，我是世界上最胆小的可怜虫，失去了开口的勇气。但不确定答案，我就会因胡思乱想而窒息而亡……稍稍稳定了一下情绪，我怯怯地问医生："大夫，我是不是平山病？"我多么希望医生能点点头。医生先是一愣，然后说："平山病你都知道啊？不过你不是平山病，你的年龄不符合平山病。"听完医生的话，我倒吸一口凉气：既然不是平山病，那便是运动神经元病。瞬间，一阵气血直冲我脑门。

我不相信医生的话，我觉得他太不专业，我用木讷的一笑来鄙视他。

一个热浪袭人的下午，医生一脸严肃地说道："我怀疑你是肌萎缩侧索硬化，也叫渐冻症。你的肌电图显示：广泛神经元受损。结合你腱反射亢进、肌肉束颤抖等，基本可以确诊……"我突然对医生产生了恨意。我觉得他不应该给我确诊不治之症，我有揍他一拳的冲动，想立刻离开他的视线范围。他的存在本身就足以让我心惊肉跳。

他叹了一口气，继续道："为慎重起见，我约了北京一家医院的一位专家，明天下午给你远程确诊一次。或许，你以后得与轮椅为伴了。但你也不要太过悲观，现在的医疗科技突飞猛进，或许……不久的将来就能攻克了渐冻症。"父亲随着医生的话音跌落在椅子上，他两眼失了神。印象中，父亲从不流泪，但那天，他的眼角却挂起了一串悲伤。

医生见我毫无反应，问："沈无忧，你没事吧？"

我带着二两气,强颜一笑:"没事,我早料到……自己不是什么简单的病!"

运动神经元病,是英国人的叫法,又名肌萎缩侧索硬化,法国人称之为夏科病,美国人叫它卢伽雷病。它还有一个形象化的名字,叫作"渐冻症"。那些倒霉的患者,被人称为"渐冻人"。它的"康复"称作"解冻"。

渐冻症被世界卫生组织列为五大绝症之首,是罕见病中的王者。1865 年,神经病学家 Charcot 教授第一次描绘渐冻症:"一位肌肉痉挛的患者,在其死后的病理检查中发现了位于皮质脊髓束的多发性硬化斑块。"在接下来的一个半世纪,人们对渐冻症的病理特征有了逐步的了解,但一直无法找到发病原因,更没有发现有效的药物来治疗。

最为人熟知的渐冻人,莫过于史蒂芬·霍金,他是蜚声世界的物理学家,也是命运的弃儿。

假如我真的被确诊为渐冻症,那该怎么办?忽然,一个想法——自杀——浮现于脑海。我不想拖累家人,我也不想折磨自己。

第二天,我终于等来了北京专家的会诊。

"病人需要做个中毒筛查。如果没有中毒,那便可以确诊为肌萎缩侧索硬化……"

我已基本上确诊了是运动神经元病。

我感觉自己的脑袋被雷劈了、被电击了、被火烤熟了。

绝望有如定格的黑夜，顷刻之间，笼罩了我的天空。我听不进任何安慰，内心结了厚厚一层冰。

我多么希望自己不是渐冻症！哦，对了，医生不是说需要中毒筛查吗？我一定是中毒！想想过去，我在实习工作时不是贸然进去过那个让人浑身发痒的深池子吗？还有，我在中石化工作时不是也接触过螺丝胶吗？我肯定是中毒！再者说，我曾被误诊过三次，这次也应该是误诊，肯定是误诊！

我故意大口大口地喝水，以证明自己喝水并不噎呛。我还努力拿筷子、努力说话、努力写字……所有症状，我都努力地否定着。

恍恍惚惚中，我们回到病房。对面床的女病人关切地问道："医生怎么说？"我无力一笑，已没有力气应付她。父亲说："医生还不确定。"

但通过我们的表情，她已猜得一二。她笼统地安慰道："无论如何，你要乐观。现在的医疗科技那么发达，你不要太过担心。"

窗外月光白如雪,是现实吗,梦境吗?无有间隔!

明月朦胧了世界,思绪感染了梦境。

我在黑暗中挣扎许久,双眼很干涩,一身疲惫,两眼皮像隔着一道银河的距离,却无心睡眠,直到第二天清晨。

医生在讲解病情,病人则全神贯注地盯着医生看。接下来的一年,这种画面成了我的生活日常。如今想来,既然已经确诊是渐冻症,当时为什么还要徒劳地接受治疗?既浪费了时间,又浪费了金钱。

我抬头望向父亲,他一脸的苦笑,伴着萎靡不振。

吃中午饭时,我毫无食欲,有一种拿不起筷子的无力感。父亲一边鼓励我多吃饭,一边自己却食不甘味。我看得出,他也是强撑一口气。我心想,他内心的焦虑和忧愁肯定比我多,一把屎一把尿地拉扯儿长大,千辛万苦供儿读书十五载,好不容易看到了一个美好的晚年,却落得个鸡飞蛋打的局面。这能不让他焦虑和忧心吗?

思量再三,我说:"我们出院吧,反正这里做不了中毒筛查,过几天……去一趟北京,我不太相信这家医院的医生。"

父亲长叹一口气,说:"好吧,其实我也不太相信这里的

第四章　晴空响霹雳　生命顿失意

检查结果,这个医生太年轻了,没有经验。"

回家的路,总是很长;这一次,尤其显得长。

我和父亲躲着村里人的目光,偷偷回家。

我腌肉般落在了沙发里,父亲则无力地坐在椅子上,我们都沉默不语。

这一幕,吓坏了正在忙碌的奶奶,她两眼立时涌出泪水。

"到底是怎么啦?你们倒是说句话!"

父亲苦笑道:"没事,我们走了一路,只是有点累。你别担心,医生说没什么大问题。"奶奶一脸的不相信,转而问我:"你爸说的是真的吗?"我挤一挤脸上的笑容,道:"没错,医生确实是那么说的。"奶奶便不再怀疑,她以为我们真的只是有点累。

奶奶端来了一碗臊子面,放在我面前的茶几上,但我和父亲谁都没有动筷子。

观此情见此景,奶奶突然哭出了声:"你们都哄我!你们说没事,那为啥不吃饭?"见奶奶老泪纵横,我回过神强塞了一口面,解释道:"你不要多心。医生说……医生说我只是营养不良,补补就好了!"见我和父亲都开始吃面,奶奶的情绪才稍稍稳定了下来。

对于我和弟弟来说，奶奶比母亲更为亲近——我八岁那年，母亲为了我俩上学踏上了外出打工的路。我俩是奶奶一手带大的，我们都是奶奶的心头肉。我无法想象，奶奶得知实情后的反应。如果可能，我倒希望直到奶奶去世的那一天，她都不知道我的疾病的实情。

几天后，父亲将我得病的实情告诉了母亲。

那一天，母亲在电话里哭得撕心裂肺。

她泣不成声地安慰我："儿子，你不要担心，吃好喝好。北京的大医院那么多，不管花多少钱、受多少罪、跑多少医院，我都要给你把病治好……"我理解母亲的心情，但我更清楚自己的病，如果排除了中毒，那即便是世上有神仙，恐怕也难有回天之力。

但我不想让母亲绝望，遂斩钉截铁道："我不担心。你也不要伤心。当今社会，根本就没有治不了的病……"

在一个万里无云的日子，我和父亲踏上了去往北京的列车。

此次去北京，是天堂，还是地狱？我渴望着虚惊一场之后淋漓尽致地新生。

在北京就医期间，迫于生活的压力，母亲白天打工，晚上拖着疲惫来看我。

不止一次,我让她不要记挂我,但她每次的回答都是:"今天是最后一次,明天我就不来了。"

但我的母亲,说话不算数,每天晚上的同一时间,她总是出现在我眼前。

有一次,我悄悄去了母亲打工的地方——本想给她一个惊喜,却意外得知了她上班的状态。她一个同事告诉我:"你妈啊,见天地抹眼泪,一有时间就抹眼泪,说不能照顾你心里难受,哭得眼睛都红红的。"

纵使如此,母亲却从未耽误过工作。

隔天去医院,我期待自己是中毒使然。就连庆祝的方式,我都已想好:首先,我会毫不顾忌别人的眼光,发疯一样大喊:我是正常人!我是正常人!我和你们一样,是正常人!我要让全世界都知道,自己是正常人,而不是渐冻人。其次,我会选择一个风和日丽的日子,找一处寂静无人的山野旷地,一个人尽情地奔跑、尽情地歌唱,直到精疲力竭,不能呼吸。想象中的一幕幕,让我情不自禁地笑出了声。

父亲诧异地望着我,露出了久违的笑容。这会儿母亲应该是魂不守舍地在工作吧。后来母亲告诉我,她偷偷拿着我的疾病资料给认识的医生看过，医生结合她所说的我过去的工作环境，已经确诊了我的病情。

北京的大医院人满为患，全国各地的重症病人都云集在这里。我是一个需要专家确诊的病人，所以不得不体验一番这种拥挤的痛苦。

历经重重关卡，我终于见到了权威专家。

她看着我的资料，难以置信地说道："这怎么可能？你才二十七岁！不是该得这病的年纪！"她带着疑惑，又检查了一遍我的症状，望着我剧烈跳动的肌肉说："先去排除一下中毒，如果不是中毒，那就是渐冻症了。"她又摇头道："可惜了！还是个大学生。"

医生的话，让我再次陷入了极度恐惧中。

父亲再一次替我跑路，从早上忙到下午：一开始，他是早晨菜园里新鲜的茄子；后来，跑成了正午烈日下的茄子；再后来，跑成了秋日霜打过的茄子。

晚饭时分，他狼吞虎咽地边吃饭边道："终于跑完了所有检查，真希望能检查出一个中毒来。"

因为焦虑，我的嘴巴里布满了白色的水疱，痛得我茶饭难以下咽，加之心神不安，我几乎绝了食。一段时间后，鉴于这

第四章　晴空响霹雳　生命顿失意

次上火，我发现心态能左右身体：好心态，是绝对有效的抗病方法。它的的确确让我的病情发展缓慢。

隔天，我被排除了中毒。这意味着，我被确诊为运动神经元病。

天呐！这十万分之二三的概率，真的发生在我身上了，这比中彩票的概率还低！

我彻彻底底绝望了！我已经被命运扼住了咽喉，我的眼、耳、鼻、舌、身、意，现在全都疲惫不堪，它们全都停止了工作。

想象着史蒂芬·霍金被困轮椅几十年，而我将要赴他的后尘，我萌生了自杀的冲动

——我不想失去自由！我不想剪断红尘！我不想事事要人照料！

医院附近的地下室里，潮湿的床单，潮湿的被子，潮湿的心情，古老笨重的电视画面布满了雪花点，在播放着时事新闻；父母和我，各怀心事。

躺在潮湿的床上，我无时无刻不在忍受肌肉跳动的煎熬，偶尔跳得让人心慌，我真想把胳膊砍下来，如果能阻止疾病的话。

父亲有气无力地说道:"该吃饭了!"

我毫不犹豫地说道:"我……我不想吃,你们去吧。"话刚一出口,就惹来了母亲的唠叨:"你不吃怎么行?你不吃……那我也不吃了,咱们就这么耗着。"母亲的话语,让我左右为难。我只能妥协:"你们去吃,回来给我带一份。"

父母出门后,我内心有一阵莫名的酸楚,随之撕心裂肺地号啕大哭……

不一会儿,父亲拎着一份鱼香肉丝饭,母亲拿着一份西蓝花、一瓶冰糖雪梨,脚步沉重地进了门。

父亲把鱼香肉丝饭放在桌上,苦笑着说:"先喝口水再吃饭,你都上火了!"

我一边低头拨弄饭碗,一边问:"你们吃的是什么?"

母亲闪烁其词道:"我们……我们吃的是西红柿鸡蛋饭。你放心,饿不着我们!"

我便知道只是父亲吃了西红柿鸡蛋饭,母亲什么都没吃。

强忍着反胃,我吃了一半的鱼香肉丝饭。

寂静的地下室里,住着三个失去了灵魂的躯壳,有如马路边一动不动的黑色铜人塑像。

沉重的空气,让人无法呼吸。

第四章　晴空响霹雳　生命顿失意

"我出去透透气，一会儿就回来……"

我失魂落魄，六神无主，一步一步行走在昏暗的楼道，脚底下轻飘飘的，就像梦境一样。走出地面，一阵闷热袭来。迎面驶来一辆小轿车，我有一种扑上去的冲动。路边的树枝上站着一只嘎嘎叫的乌鸦。

残月高悬，犹可再盈；恶疾加身，昔我难寻。
年月灿灿，俗世靡靡；虎囚牢笼，今我难离。
山河锦绣，星汉烂漫；襟抱未开，赤心难安。
乌鸦反哺，羔羊跪乳；恩高情厚，余生难补。

我想一死了之，因为父母家人；我想勇敢地活着，因为父母家人。敌兵来袭，我是一个躺在血泊中痛苦绝望、自我矛盾的士兵——死也不是，活也不是！命运给我以灭顶之灾，却忘了教我怎么活下去！

那天晚上，我梦见了我自己，那么真实。我看到，我像剥了皮的黄连一样，躺在一张窄窄的能躺能坐的白色床上，全身动弹不得，宛如一棵倒下的树木。

迷迷糊糊中，我仿佛又做了一个梦。那是一片桃花的海洋，我嬉戏、奔跑在那片桃花的海洋，幸福且美满。后来，我面带笑容，身体轻飘飘地上了云端，活像一片大大的黑色羽毛。我看到，我的父母和其他家人，都哭得好伤心。我母亲的样子，让我想起我做完开颅手术后看见的那位失去儿子的母亲。

在以后很长的一段时间里，我感觉自己的身体分离出两个我。

"我被确诊为不治之症，剩下的时间只有区区之数，我要怎么活下去？"

"你须知，尼采是对的！史铁生的老瞎子为什么要把琴弦改成1200根？人啊，只有接受了这个虚无的存在，才能创造另一种新的意义活下去……"

"二十七年前，我是一枚微观世界的细胞，慢慢从母体汲取营养长大，后来，我来到了这个人世间，逐渐学会了走路、说话、识字、思考……多么艰辛的过程！你让我怎么相信这一切都是虚无？"

"当然，你还可以选择逃避——死亡是最好的逃避。但我期待着你修改琴弦……"

"此前，我从不了解甚至无法想象——人的说话、人的咀嚼、人的呼吸……皆受到运动神经元的控制。这种疾病，让我那原本还能活跃六七十年的运动神经元退化，按下快进键……我将在接下来的几年里走完原本几十年该走的路。我的运动能力会被打回母体，但我的身高始终不会变。我出生之前，妈妈通过一条脐带供我吃饭、供我呼吸；患病的最终，我将依靠一根人工管子吃饭、呼吸……"

"疾病否定一切！我希望你修改琴弦的数目……"

"不！或许我应该选择逃避！"

"一个选择一个时空。死还不容易吗？只要两眼一闭，就一了百了。活着才是勇气！假如你今天死去，明天就能置渐冻症于死地，那你岂不是太亏了吗？活着便有机会！"

"然而，此时此刻，任你说得再怎么有道理，对我，却还不如一把钥匙，开启顿悟渐冻症给生命带来的影响……"

第五章

医者心躁躁
磨难是重重

第五章　医者心躁躁　磨难是重重

痛苦是脚下的土地，快乐是天上的白云。我仰望着白云时，脚下踩着土地。

"你到底什么时候来娶我？我等到花儿也谢了。"有一天，独孤爱发来消息。

痛不欲生后的平静，就这样被她打破；万丈红尘，万箭齐发，箭箭刺中我的胸膛。

"南方的天空柔风徐徐，西北的大地黄沙滚滚。它们是两个不能融合的世界！"

"怎么的，你对说过的话不认账？"

"随便你怎么说吧，我都接受……"

"你给我说清楚，到底因为什么？"

"我们不适合了，我们的天空，今非昔比！"

"是不是……我哪里做得不好，因为你住院时我不在你身边吗？"

"不要想歪了，那都不是事儿。你唯一做得不好的就是把自己给了我……"说出这句话时，我心如刀绞，泪流满面。我继续写道："你没必要再等我，你爱嫁谁就嫁谁，都与我无关……"

这是我内心无奈又真实的想法。纵使我有着极大的不舍，但那又能如何？我必须舍！我已不是往昔的我。如今的我，谁与我沾边谁就得受拖累。

"西湖水未干，雷峰塔未倒。为什么？这是为什么？"

"这世界，永远不能相信的就是人心。你应该学会了……"

她打电话过来了。我战战兢兢地接起，她劈头盖脸地质问："你说你开颅手术，好，我说我等你；你说你开颅手术是误诊，还有别的病，好，我说我还是等你；你说你是肝什么豆，好，我说我依然等你。事到如今，你说的这是人话吗？"她抽泣两声，继续道："原本，这一切都可以无所谓，但让人寒心的是……"她擤一下鼻涕，又说道："我盼来的是'与我无关'啊！你的良心给狗吃了吗？"独孤爱一抹眼泪，我便束手无策。

"我有我的原因！我只能斩断情丝……你就当我已经死了吧。"

"什么狗屁原因让你变得这么混账？"

"身体原因，只有身体原因。"

"我知道你不是很健康，但我也没说什么呀。"停顿一会，她继续道，"人应该向前看。这世界要大夫要医院干什么？"

独孤爱这句"人应该向前看"有如照亮我心中迷茫的一道闪电。人总不能天天沉浸在痛苦中吧，即便身患绝症，剩下的日子还是需要活着的呀。生命本身就是有尽头的，不是吗？我决定做最后一次的挣扎——去其他医院。如果真的都无计可施，那我便会选择落叶归根。

"其实，我对你的感情没有变，我们的约定我也铭记在心。只是……我得了一种极麻烦的病，不可能给你幸福了！"

我很想再给她解释清楚一些：此种疾病，好比古代惨无人道的凌迟之刑，它会一块一块地削掉你的肌肉，直至你全身瘫软、气绝身亡……但就算我解释清楚了，又能怎么样？只会给她徒增选择的障碍。

整整花了三个月，我才勉强接受了现有的生活、接受了悲惨的命运。不过，再怎么接受，我都不可能拥有曾经的心情了。我坐过的椅子，总给人悬在半空的感觉。我试着将它融入我的生活，让它成为我生命的一部分……逐渐地，病魔影响了我的性格，我暴躁、绝情，甚至人格分裂。我时常克制着自己，但还是时常跟父母发脾气。

如今看来，灵魂陷入躯壳的牢，纵使别人费尽九牛二虎之力，亦难开启你向着阳光的那扇窗。唯有自己度化了自己，才可能开启一扇通向光明的窗。每一个身患绝症的人，都是一个与自己作战的孤独的士兵：要么让乐观战胜悲观，在勇敢坚强里重获新生；要么让悲观战胜乐观，在绝望孤独中郁郁而终。

母亲见我天天愁容满面，就逼迫父亲去医院找医生，但父亲却沉默不语。我看得出，父亲很想说什么，但他始终没有说出口。我心想，他完全可以用一句话让母亲彻彻底底地不再唠唠叨叨，但他还是选择沉默。

有一天，父亲终于开口了。他说："事已至此，悲伤毫无意义！我和你妈都商量好了，我们打算带你去北京的另一家医院，据说那里有个中西医结合的医生，能治你的病。"

父亲说的话，与我最后的挣扎不谋而合。

许多人说，中医能治疗渐冻症：无论是网络的虚拟世界，还是现实的花花世界，总有那么一些人对此说得头头是道、振振有词，甚至神乎其技。后来，我的亲身经历给出了答案：中医并不能治疗渐冻症,但能通过调理身体达到减缓病情发展的效果。

这家医院的专家号非常非常难挂,预约号已排到下个月。最终,我们通过一连串的人情才挂到他的"特需"号。

医生是一个年逾花甲的老先生,清瘦,但目光炯炯。他慢慢浏览我的疾病资料,将目光停留在了肌电图,慢声道:

"你这肌电图做得不够全面,为什么只做了一边?再去重新做一个吧。"

我心里有疑问,便随即问他:"既然做一边已经可以看出问题,那为何还要做另一边?"

听了我的问题,医生不屑地一笑,道:"我得看一看运动神经元损伤的范围,你懂不懂!"

父亲有些尴尬,赶忙道:"我们不懂,请您多多包涵。"

既然一边的运动神经源已经存在损伤,那知不知道范围还重要吗?我欲再问医生,但被父亲用眼神制止了。我很疑惑:这医生真的有水平吗?

随后,医生给我把了脉,还询问了消化方面的一些问题。问罢问题,他便在纸上龙飞凤舞地写起来了,不一会儿,撕下纸张递给旁边的助手。转而对我一脸和蔼,说已经给我约好了肌电图，现在就可以去做，做完了肌电图再回来拿药……不等医生说完，下一个病人已经进了诊室。

这位中西医结合的医生给我开的一堆药中，除了西药和维生素，还有一些保健品，唯独没有一粒中药。另外，这些药价也比零售药店贵不少。于是，我们带着极度的失望逃离了医院。

父亲面色铁青，母亲眉头紧锁，我拖着千斤重的脚步，三个人走在医院外的大街上，极易被人看穿是专为求医而来的。

突然，一对中年夫妻出现在了眼前。

"您儿子得的是什么病？"男人问道。

父亲先是一愣，后客客气气地说道："说了你也未必知道，他啊，得了一种怪病！"

女人接过话茬道："来这家医院的病人啊，个个都是怪病。就说我老公，他就得了运动神经元病，现在已经快十年了。"说话间眼角就泛起了泪花。

"你哭什么哭？我这不是还能走能跳的吗？"见女人泪眼蒙眬，男人呵斥道。

男人一边说着话，一边特意展示了一下他脚步的灵活。中年夫妻的一唱一和，彻底勾起了父亲的兴致，母亲也是一脸的

第五章　医者心躁躁　磨难是重重

好奇：医生说，运动神经元病患者的寿命一般在三至五年，但这位中年男人患病近十年，却依旧能走能跳。这不正是父母和我梦寐以求的吗？

"您是怎么治疗这病的？说实话，我这儿子也是运动神经元病！"父亲毕恭毕敬地说道。

"对啊，您是怎么治疗的，能给我们说说吗？我们感激不尽！"母亲一脸诚恳地说道。

男人犹豫不决了一会儿，说："原本医生不让我胡乱宣传的，他可是一位神医啊！真正的世外高人！不过，我看你们也挺可怜的，而且见面就是缘，我就索性给你们说了吧。"男人一边给父亲展示他那萎缩后又被神医治好的屁股，一边道："他是一位中医，名叫高明生，他的诊所离这儿不远，坐公交车半小时就到。"

见男人说话流利，走路有如健全人，我便有些怀疑他的身份了。

"我们去吃饭，听他鬼扯……心烦！"我打断兴致正浓的父母。

见我有些不耐烦，女人上前使出了大招："我老公三年前有口不能说、有腿不能走，但自从见到了高神医，他就开始慢慢地康复，一直到现在的这种状态。我们要是早点见到高神医，他现在就是一个健全人了。"

女人生动的描述动摇了我的想法——谁不希望健健康康地活着？望着女人搀扶男人一瘸一拐地消失在了街角，我的欲望战胜了理性：去见见那位高神医又有何妨，有小小的希望总比没有希望要好哇！

按照中年夫妇给的路线，我与父母来到公交站。

"你们是要去找高神医吗？"一个莫名其妙的声音突然从背后传来。

回头，一个戴眼镜、提皮包、斯斯文文的中年男子，正站在身后。他自称是我们刚出来的这家医院的神经内科教授，说得有名有姓，但我疑惑的是他是如何得知我们要去找高神医的。

当父亲提出这一问题时，他泰然自若地说道："我看你们在这里等车，便可猜得一二。我们这里确诊的罕见病病人，大都会去找高神医。他的医术出神入化，专治疑难杂症。"

父亲低声对我们说："看吧，就连这家医院的教授也推荐这位老中医，那肯定很厉害。"

父亲的脸上露出希望之光，母亲也喜上眉梢，我则满怀一

第五章　医者心躁躁　磨难是重重

心的憧憬。

我们在热浪里伫立良久，终于，一辆公交车悠悠地驶来了。

那位教授看起来诚心诚意，面带着买到涨停板股票的笑容，目送我们上车。

摇摇晃晃的公交车，犹如一张用弹簧编织成的网，纵使我用双手紧紧握住那黄色的扶手，也有些许站不稳之感。

母亲厚着脸皮请求一位年轻人让座。

途经一站，一位老奶奶径直站在了我面前，用恶狠狠的眼神瞪着我，仿佛在说"真是世风日下人心不古啊，年轻人见了老人都不让座了"。时间一分一秒在流逝，见我依旧不动，老奶奶的目光就变成了无数把飞刀，径直刺向我的身体。我又何尝不愿意给老人让座呢？可我现在的实际状况比这位老奶奶更不安全，一阵大风，都有可能让我扑倒在地。

临下车时，母亲上前搀扶我，我才舒了一口气。

已坐在座位上的老奶奶，脸上也露出了一丝怜悯。

公交车司机那份担忧的眼神里含着关切，直到我安全抵达站台，他才徐徐移开目光，开走了公交车。

我痴痴望着来时的路，烈日下的柏油马路坦坦荡荡，悠长的街道繁花似锦。

过尽千轮皆不是,急心灼灼路悠悠。

突然,又莫名杀出一对中年夫妻,他们试着与父亲搭话。

"你们……是要去找高神医吗?"男人悠悠道。

父亲又被问得一脸茫然,疑惑地点点头,反问他怎么知道。

男人长叹一口气,说:"实不相瞒,我们也是,我们也要去找高神医。"

父亲接他话茬,问他得的是什么病。

男人闪烁其词,似乎不想回答父亲的问题。最终,他顾左右而言他:"我这手……以前萎缩很厉害的,不过……现在好多了!一年前,我需要媳妇搀着才走路,现在她只要跟着。"他的眼帘一直低垂着。

几个月后,我从书本里看到一句话:事出反常必有妖,言不由衷定藏鬼。这是一个言不由衷的男人。可惜,当时的我已经丧失了思考的能力。

我们伫立于站台又是许久,根本不见公交车经过。

汗如雨下的我等得有些不耐烦了,遂对父亲说:"我们还是打出租车吧,反正也就几站路,三个人坐公交和打出租的价

第五章　医者心躁躁　磨难是重重

格应该差不了多少。"

父亲点了点头。

拦了一辆出租车，我坐在了副驾驶位。

正当我们要出发时，男子突然冲了进来，挤在了父亲的侧旁。

"反正我们去同一个地方，就让我跟你们一起走吧。"

不知该怎么拒绝别人的父亲，便犹豫不决地默许了。

我突然心生好奇，问他："那你媳妇怎么办？"

男人若有所思一会儿，支支吾吾道："让她……一个人去坐公交车吧。"

对于他的回答，我没有其他想法，只觉得他有些奇怪，但说不出哪儿奇怪。

诊所——或许应该叫办公室才对——很清静，见不到什么病人，就我和陌生的男人两个病人。对面的药材柜前有两个护士，一个慵懒地趴在柜台上无所事事，另一个则盯着手机笑到不能自已。

高神医是一个不修边幅的人：一头花白相间的头发，仿似一个架在半空中的鸟窝；一件淡蓝色的衬衫，已然被他穿成了一件合身的中山装；一双满是污渍的人字拖，有如两只趴在地上的大老鼠。他贼眉鼠眼地坐在一张只放着脉枕的咖啡色办公桌前。

简单地把脉问诊毕,他三下五除二便开好了一个药方。

女助手从侧门出来,她一边按计算器一边问医生要不要再加点补脑丸。

医生有些模棱两可:"补脑丸啊……可以加几盒,他需要补补脑。"

我的敏感再次被他们触发:难道女助手也能开药?莫非她也是一位神医?

我把好奇偷偷说给父亲,但父亲让我不要乱说话。

走出高神医的诊所时,那对中年夫妻如影随形。我们拎着大包小包的药,他们夫妻却只提着一个小小的食品袋。这是我们唯一的区别。

"中药难熬!你们打算在哪儿熬哇?"男人关切地问道。

父亲叹一口气,道:"的确如此。实在不行,我就让他妈辞职,租个房子专门熬药。"

男人突然提高嗓门,阻止道:"别!这样不太好吧?"

见父亲疑惑地望着他,男人竟有些词不达意。

他们一直陪我们走进地铁站,见我们刷卡进站,才掉头

第五章　医者心躁躁　磨难是重重

离去。

坐在地铁里,父母直夸遇到了好心人。但当我们打电话给身在密云的同乡,让他帮我们租一间房时,他告诉我们可能上当受骗了。我们的心情糟糕透了,明明我有几次起了疑心,但为什么还要固执地走下去呢?

做一个自作多情的美梦,你就会失去所有的理智。

自踏出高神医的门,母亲便已拿定了主意——辞去工作,租个廉价房为我熬药。只是母亲没有说出口,她在等待着父亲拿主意。对于父亲,儿子的一举一动都是大事,他当然愿意母亲辞去工作。父亲曾说:生活穷一点儿没有关系,全家安康才重要。

我们来到了密云,只为找寻一个栖身之地。北京城的房子,我们租不起。

密云出租房的左邻右舍都是来京务工的同乡。当晚,他们都来探望我,有的提着牛奶,有的拎着水果……一个逼仄的出租屋,瞬间便被人和礼品塞了个严严实实。

这些人中,就有我朋友张伟明的父亲。他带头说道:"无忧他爸,如果需要钱,你就直说,我们一个人是没有多少,但

145

我们可以凑。"他喝了一口茶,继续道:"最重要的是先给孩子把病治好。"

张伟明父亲的一席话,深深地触动了我。但是我这病啊,不是钱能够解决的问题。纵使你像比尔·盖茨一样富可敌国,也无计可施,至少目前是这样。

曾经,我的父母也在这个小村庄工作。三年前,他们所在公司的效益逐渐转差,后来沦落到了破产的边缘。我的父母被逼无奈,不得不选择另谋生计。留下来的人,大都是一些不急用钱之人,他们便也能够接受有活上班挣钱、无活回家睡觉的工作模式了。我上大学的每一分钱,都是父母在这个小村庄里的辛苦劳动所得。我曾来过这个村庄几次,对这里的环境非常熟悉。现如今,这个村庄冷清了许多,大概是因为企业的倒闭逼走了一些人吧。物质生活窘迫的人,就是无根的浮萍!

住在这个小村庄,我的内心很踏实:认识的人都很热心,花钱也不是很多。

可惜天不遂人愿,我的病情还是一天天在加重。

母亲总是一个人偷偷地落泪,虽然在我面前总是笑脸相向,但她那干巴巴的笑容,却隐藏不住布满血丝的双眼。

有一天,一位长辈说:"晚上来我屋打麻将吧,我看你的手,有些不听使唤,兴许打麻将可以锻炼!"

母亲勉强一笑,半开玩笑地说:"打麻将可不要输太多钱!"

我给她一个眼神,道:"你儿子什么时候输过?我得赢到他们跪地求饶!"

那一段时间,我很喜欢母亲说话,哪怕是没有意义的唠叨,因为我害怕她的沉默不语。

母亲天天坐在小火炉边,一边熬药,一边目光呆滞地若有所思。

母亲熬药的时候,整个世界都是寂静的——寂静也就意味着她在偷偷抹眼泪,意味着她心里的痛苦在翻江倒海。此时此刻,我仿佛听到院子里被我摔断的丝瓜藤蔓在窃窃私语,仿佛看到上下五千年流传下来的美德在怒目圆睁。

有一天,母亲熬罢药到外面扔药渣子,却慌里慌张地回来了,且上气不接下气地道:"你可千万不能去河边!刚刚一个钓鱼的老头就不小心掉河里了。"我沉默不语。她非要我点点头;可惜当时的我,自认为是年轻人,何以与老头相提并论?就是偏偏不肯点点头!

关于麻将这个话题,在此之前我是从来不和母亲说的,只是现在，我在故意打破这种寂静，所以只要是话题，我都会故意和母亲说。

直到现在，我都还清清楚楚记得陪我打麻将的父辈们的眼神，那是一种急切又怜惜、恨不得帮我一把的眼神。一副麻将"哗啦"一声上了桌，三位父辈漫不经心就是一长串，我则竭尽全力却只理好了六双；我还动不动就会把麻将掉落在地，短短一圈儿麻将，总要停顿三四次。这让我失落不已。

我的这一双手，仿似处在一个温度可以无限降低的地方——三年前，它处在常温环境，我如其他人一样活动自如；两年前，它处在零下十度的环境，我写字时它开始变得有些不听使唤；一年前，它处在零下十五度的环境，我拿起一双筷子都会打滑；现如今，它处在零下二十度的环境，我的虎口肌肉已开始萎缩，大拇指和食指拿一枚麻将都会颤抖。接下来会怎么样我不知道，也不想知道了。我的双手的变化，就是我的疾病发展的一个缩影，它时时刻刻都在变化着……

北京的夏末，几乎每天都是晴天，而我就是一个无所事事的寄生虫。

吃完早餐、喝完中药，我到外面赏风景。说是赏风景，但

第五章　医者心躁躁　磨难是重重

我从来只盯着自己的双脚，因为一颗小小的石子都有可能绊倒我。我已经无法用眼睛的余光去判断道路，所以必须步步为营、步步谨慎，才不至于给大地一个热情的吻。

我走路的速度，只剩下正常人的一半。偶然，旁边经过一个芳香四溢的女子，有着春天的味道以及夏天的火热。我抬头，只看到她一只耳环，一个大大的圆环耳环，随着脚步的节奏跳动。望着她的背影，我的眼前闪现出独孤爱的倩影，真可谓：无言踱步闹市头，一缕往事一缕愁。浮生大梦无黄粱，一枚红豆去江流。

我漫无目的地行走在公园软绵绵的绿草地上，小草温柔地抚摸我凉鞋里的脚丫子，湿湿的，仿佛别离时爱人轻轻的抚摸。

在一个篮球场上，几个强壮的年轻人，正在球场上旋转、奔跑、跳跃，他们的动作轻盈且飘逸，浑身散发着青春的活力。站在球场围栏外同样年华的我，却是一脸茫然。

我们是来自两个世界的人，我已进不去他们的世界！

三年前的我，也在篮球场奔跑、旋转、跳跃，直到大汗淋漓、精疲力竭才肯罢休，然后喘着粗气，瞬间灌下一瓶矿泉水。

忽然，篮球滚到离我不远处。一个年轻人跑过来捡球，他看见了我，很善意地说："你要不要进来和我们一起打一场？"

我只能苦笑着摇头以示拒绝。

我悻悻然来到一个棋盘前，模糊不清的"楚河汉界"孤零零地躺在那儿，我的思绪飘向了两千多年前的楚汉战争时，那时的项羽，气贯长虹，霸气十足，但因为刚愎自用，最后落得乌江自刎的结局。我似乎听到项羽在自刎前的仰天长叹："天之亡我，非战之罪！思吾与江东子弟八千，渡江而西，今……今无一人还！纵有江东父兄怜而王我，我何面目见之？力拔山兮气盖世，时不利兮骓不逝，骓不逝兮可奈何！虞兮虞兮奈若何！"

如今的我，有着和楚霸王一样的困境——他称王的大势已去，我健康的大势已去。我该何去何从呢？

"无忧，你在哪儿？该吃饭了！"母亲的电话打断了我的思绪。

"我在旁边的小公园。马上回来。"我轻快地说道。

以往母亲打电话，我的回答总是：你们先吃，我过会儿回去。母亲总因为我这样的回答而满心委屈，今日我积极的回答希望能给她带来一丝安慰吧。

第五章　医者心躁躁　磨难是重重

回家路上，风景依旧，我却释怀了许多。

快到家门口时，我想走快点，脚步移动快了一点点，但就是这一点点，使我冷不丁地摔倒在地。我的膝盖和胳膊肘一阵刺痛。正当我欲起身时，母亲发疯似的从背后跑了过来。她抱着我大哭道：

"老天爷，你瞎了眼！你要害就害我，不要折磨我儿子了，一个活蹦乱跳的小伙子，被你害到连路都走不了了。呜呜……"

自打完电话，母亲就外出找寻我。她其实老远就看见了我，但怕我发脾气，就没有出现在我的视线中。她一直偷偷尾随着我，直到家门口。她刚要舒口气，我却偏偏跌倒了，她只得现身来扶我。

"刚才……我是因为走得快了点，不小心才跌倒的……"我假装若无其事地宽慰母亲。

"我都看到了……是老天爷不长眼！"母亲噙着泪道。

好奇莫过于路人。我和母亲的惨状吸引了几个路人的驻足，他们都诧异地望着我们。

母亲停止了哭泣，扶起我，挽着我的胳膊慢慢往家走，生怕我再有不测。我假装兴高采烈的样子，对母亲说，晚饭多炒两个菜，我们庆祝一下。

听罢我的话，母亲一脸迷惑。

我解释道，我刚才在公园看到一则新闻，上面说"干细胞治疗渐冻症"是可行的。

听到这话，母亲的愁容有所舒展，急切地问："是真的吗？如果是真的，那就太好了！"

关于干细胞治疗渐冻症的报道，网络上早已铺天盖地了，只是其治疗价格，高达三十万美元。三十万美元，对于我们是个天文数字！

干细胞治疗是造物主之手，是战胜命运的武器。此时，我有如被电击了一般亢奋。

科技，医疗科技，能助我战胜命运！我知道该怎么样活着了！彼时彼刻，我的欣喜绝不亚于佛祖释迦牟尼在菩提树下的顿悟。不过我也知道，就算你有了坚持活着的理由，残酷的现实也肯定还会让你摇摆不定的。

原本，我只是想借此安慰绝望的父母，但没想到的是，自己却歪打正着找到了坚持活着的理由。这是命运给我打开的一扇小小的窗吗？

晚饭过后，我端一杯清茶，静望夜空里的星星——那牛郎

第五章　医者心躁躁　磨难是重重

织女，会不会因为一道银河的距离而变了心呢？我心想。一对爱侣，只有朝夕相伴，才是一对爱侣，分开之时，某种程度上终究是两个单身的自由人。我期望独孤爱寻找别的爱情，又惧怕她寻找别的爱情。我渴望奇迹出现——我想娶她为妻。

午夜时分，我接到潘扬一个电话。他说他所在的公司倒闭了，想找我散散心。

潘扬在的日子里，我陪着他、他陪着我，我们天天逛街、赏风景、聊天、下象棋……母亲鉴于我生病很孤独，也就默许了我和潘扬的一切行为。她的工作量虽翻了倍，端茶递水、烧菜做饭，但她的微笑也翻了倍，虽然还是有点苦涩，但很实在。这是最让我高兴的事情。

记得有一天，我与潘扬闲逛到河边。

途中，遇到一条深约四十厘米、宽约三十厘米的沟渠，我在它面前犹豫不决，想到自己曾在老家跨山沟的经历，况且，自己现在的身体，也大不如那个时候。自从确诊了渐冻症，我的病情发展很快。如今想想，我主要还是心态的原因。正如心理学上所言，好的心态常常伴随着积极的自我暗示，反之亦然。

153

魏武帝以"望梅止渴"激励三军的故事，欧·亨利的短篇小说《最后一片叶子》，不都讲的是自我暗示吗？法国心理学家、医生埃米尔·库埃，乃欧洲心理暗示研究的集大成者，他说："自我暗示，就是想象给人类生理和心理带来的影响。"

我期待着潘扬能扶我一把，可是，他只是木愣愣地望着我，等着我自己跨过去呢……末了，他还随口一句"你个尿包，连这小小的沟渠都走不过吗？"我当时是很心痛的，但想到健康人很难体会到我的痛苦，所以很容易忽略这一点，也就释然了。因为在以后的日子里，我还会遇到很多很多不被理解的话语和行为，我无法一一去解释，谁让我得了这样一种罕见病呢？

但有一点是明晰的，我和我的这些同学朋友之间的距离越来越远，远到可以遗忘，"道不同，不相为谋"，只能彼此祝福各自安好了。

半个月后，我又住进了北京一家中医医院。

关于我的疾病，医生给的方案是：中药、针灸加按摩。

不可否认，中药的确能够延缓病情的进展，但是逆转性效果，微乎其微。

这次住院花去了我一年多的积蓄。我深深意识到，这病就是个无底洞，无论如何，再不能这样就医了，不能借钱就医，更不能贷款就医。我萌生了放弃治疗的念头。

住院期间，我认识了一位年纪相仿的小伙，他是一个多发性硬化患者，曾是维和部队一名铁铮铮的汉子。他有着常人望尘莫及的警觉性，夜里病房内发生的一切他都了如指掌。可惜，他有着同我一样的宿命——陷入了厄运的魔爪。

多发性硬化和渐冻症一样，都是现阶段不知道病因的疾病。

独坐于院子一角，我想起了独孤爱，我还欠着她一个解释呢。

"我之所以性情大变，是因为我的经历充满了欺骗；我之所以自毁誓言，是因为我得的病将终生相伴。现在我向你坦白，我得的是渐冻症，就是课本中物理学家史蒂芬·霍金得的那种疾病。接下来的日子，我会与轮椅为伴，面黄肌瘦如一段枯木。不过我会好好活着，等待科学家助我恢复健康。当然，我很明白'等风来不如追风去'的道理，所以我也会努力做一点事，好帮助科学家突破。爱，我希望你能谅解我曾经对你的不近人情。我很无奈命运的安排，我是一个身不由己的人，我已不能选择自己的人生。经历了命运的多舛、人情的冷暖，以及亲情的无怨无悔,我才明白了一个道理:无论命运何其凶险,只有勇敢地活着,才会有等到希望出现的一天。再有,你若嫁人,我会祝福你;你若还不嫁,我若在恰好的时间康复,我定会娶你为妻……"

这个夜晚,我梦到自己打碎的花瓶被修复了,因为科学家找到了一款新型玻璃胶;院子里那个短了一块木头的木桶,也被一个巧木匠修复了,还盛着一桶甘甜的泉水。

"科学家能主宰渐冻症的存亡!"我自言自语。

第六章

生命终有涯
亲情却无涯

第六章 生命终有涯 亲情却无涯

在秋风吹着纷飞的银杏叶的某一天，父母陪我坐上了回家的列车。我的内心是灰蒙蒙的，杂乱无章。自此之后，北京城或许只会存在于我的记忆中——我毫无信心再次见到她！

大美北京城，给我留下了太多的记忆：见证千年风起云涌的万里长城，蜿蜒曲折，尘封亿万种故事；见证六百年沧海桑田的紫禁城，高墙大院，深锁一幕幕惊心动魄的画面；定格中国近代耻辱的圆明园，废砖瓦砾，诉说着列强的弱肉强食；集聚万亿财富的金融街，高楼大厦，传递着国内外最新的经济要闻……

忆往昔，酒杯里的大海，烟头上的彩云，统统皆可入得我胸怀，我豪情万丈的字典里只有四个字——事在人为，北京城那多彩的天空，定有一朵彩云属于我；看今朝，落花上的晨露，残阳里的羁鸟，统统伴着我内心深处的孤独，我离奇的经历让我万劫不复，脑海里只剩四个字——叶落归根。

这一次，我离开你，有如别离新婚不久的美娇妻，记忆犹新的春梦，让人痛苦难当，让人恋恋难舍。无奈，萧瑟的秋风在马路上打着转儿，奏响了为我送别的乐曲。

冷冷清清，凄凄惨惨戚戚。

我是一个注定要离开北京城的匆匆过客——在北京两年，刚刚理顺这里的生活，就被命运勾回了老家。当然，我的潜意识依然在等待，渴望着有机会来续写理想、奋斗，以及爱情……

绿皮车厢的硬座，让人左右不舒服。我望着窗外的麻雀蹦蹦跳跳，自言自语：

"昔日一首诗，如今一坐牢。我渴望，未来——是一亩田！"

父亲在列车售货员那里花七块钱买了半斤二锅头，坐在身边的母亲咬了一下牙齿。父亲两口二锅头下肚，不出三分钟，脸上的愁容稍稍有点舒展。他开始与邻座的大哥侃大山。他们的话题不着边际，一会儿炫耀曾经，一会儿感叹活着。

母亲则一脸的厌恶神色，用粗糙的手掌扇了扇鼻子周围的空气，然后转头望向窗外的麻雀，眼中闪现着泪花。或许，她从自由自在的麻雀又想到了患病的我，想到了我们一家忧愁的

第六章　生命终有涯　亲情却无涯

日子，抱怨父亲在这种处境下还喝酒。

看到父亲越来越放得开了，我内心很欣慰。这些日子以来，不管是在医院还是在去医院的路上，父亲总是眉头紧锁，一言不发。我能体会到他内心的焦虑与痛苦。但母亲显然已经忍无可忍，她用老家话骂道："你这没心没肺的狗东西，你是不是很开心？"

父亲收起了那好不容易才有的一点笑容。我瞪了一眼母亲。

秋风飕飕，阻止不了旅客们匆匆的脚步；火车站的站台，人声鼎沸。

我和父母都等待着，等待着我能走路的时机，就好比等待着一场洪水退去。

坐了逾十六个小时的火车，我的双腿愈发僵硬，仿佛有着万斤的重量。

我们三人刚走下火车，列车员就关了车门。

人群过后的站台，冷清了许多。

故土的天，很蓝、很高；故土的云，很悠、很淡；故土的地，很沉、很厚。

我是一只蜗牛，拼命行走在大理石铺就的火车站，秋风上了眉头、秋意上了心头。

母亲见我走得晃悠、行得缓慢，便上前搀扶，以免我发生难堪的意外。

母亲那双手，让我仿佛在蹒跚学步；只是那双手，已布满岁月的沧桑。

我已分不清这究竟是母亲的劫难还是我的劫难。

站台一段不足千米的路，母亲搀扶着我足足走了四十多分钟。

出了火车站，父亲欲寻一辆出租车。如今的我，坐公交车已是极不方便。

我很想安安静静地回家，但司机却是一边走一边抱怨。

"你这三百块，太少了！你看……你们这山路，越走越远，越走越难走！"

父亲赔笑解释道："这儿到我们村都是三百块，这是行情价，你不吃亏的。"但费尽了唇舌，司机还是不依不饶，无奈，只得再加一百块，以堵住那张烦人的嘴。

到了村口，父亲看到那高高在上的山神庙，目光突然闪闪发亮，仿佛看到了一束光；母亲看了看父亲的目光，便心领神会地笑了笑，宛如冬天已经过去了。

"无忧得的什么病？"奶奶问。

"医生也说不出什么病。他们都说让多锻炼，应该问题不大。"母亲道。

奶奶情绪激动地道："去北京时你们就这么说，现在还这么说。若是大夫说不出是啥病，那咱就问问神。"其实，无计可施的父母也已经想到了问神。就像接下来父亲说的，供奉了这么多年的家神，这次要是还不显灵，那就再也没有香烛给祂了。

三个人想到了一块儿。在他们一脸虔诚地祷告家神时，我想到了办低保的事，好接济接济这个债务累累的家。但此时，我的户口还在广州，还在那家我后悔离开的公司。

我找了那个我在中石化上班时追求过的女同事，她答应帮我办理转户口的事。

户口的转出和转入还算比较顺利。

办理低保的那天，村支书一脸认真地带着一男一女两个陌生人来到我家。

村支书介绍说，他们是核实情况的工作人员。父亲笑脸相迎，倒茶递烟。母亲则哭着说，儿子可是个大学生，没想到现在沦落到了拿低保……我背对这个世界，仿佛一切与我无关。

只听陌生女人说："你们这种情况，保证通过，放心吧。还有，我建议你们去办个残疾证，这样也能拿到一些补助，拿到一点是一点吧。"村支书说："这事包在我身上，回头我告诉你们怎么做。"母亲已经哭得涕泪横流了。陌生男人拿出一张纸巾递给母亲，说："阿姨，您不要太伤心，我和沈无忧年纪相仿，看着您，我就想到了我妈妈……没人喜欢这种事，都是无可奈何……现在科技那么发达……会好起来的……"

我没有想到，现在的公务员这么和善。

奶奶看着我拄着拐棍小心翼翼、战战兢兢地走在秋风里，默默地流下了两行苦泪。她开始唉声叹气，逢人就泪眼汪汪地说孙儿可怜。

很显然，奶奶已不再相信我曾经善意的谎言，她严重怀疑我得了不治之症，却不敢说。

我开始冷落奶奶，见到她就像见到陌生人。

慢慢地，奶奶变了，她看到我就像老鼠看到猫，只能暗地里给母亲诉说她的心声："娃娃的病，你们得想办法治啊！你们看他受罪的样子不难受吗？"

每次看到奶奶或者母亲眼睛红红的，我就会劈头盖脸地大骂她们一顿。

回家不到一个月,父亲在奶奶的催促下已经请过三个阴阳师来家里看风水卜吉凶。奶奶对鬼神的迷信程度,让我对她的怨怼更增加了一分。

有一天,我义正词严地对家人道:"你们以后要是再敢请阴阳师,就别怪我不客气了……"

求神问卜,算是告了一个段落。

秋风呼呼,吹弯了一个中年男人的身躯。

他双手裹了裹衣襟,双眼灵活地打量着街道两侧。熟悉的县城、熟悉的街道、熟悉的门牌号,就是打听不到一个想象中的中医。

他想找什么样的中医呢?首先,应该有着熙熙攘攘的患者在排队等待;其次,医生应该慈眉善目。历经了无数次被坑被蒙,现在的他只相信地地道道的乡下老中医。

一周的时间,他打听遍了县城的每一个角落,但未能寻得一个想象中的老中医。

老母亲又下命令:"县城没有,你就去外县,外县肯定能找到……"

老母亲的话,他不得不听:他是一个孝顺的儿子。再者,他也一样希望自己的儿子活蹦乱跳。

回想一周前那个晚上,晚饭毕,奶奶老泪纵横地命令父亲:"风水看了,神也安了,可孩子怎么还不好呢?你再去找个大夫吧。有了家神的保佑,这次大夫肯定治得好……"

父亲不答话,只是铁青着一张脸,许久才淡淡地说:"好,我明天就去寻个中医。"

我赶忙厉声道:"你不要找,你就是找到了,我也不会去看的。"

我已经放弃治疗,只希望安安静静地听天由命。即使中医能够延缓病情的发展,我也不能再给家里添负担。我的家庭,生活原本就拮据,加之开颅手术和反反复复的求诊、治疗,已经负债累累。我又何忍再次接受治疗呢?不如把自己交给命运:命运若是让我活,那我肯定死不了;命运若是让我死,那我肯定活不了。资源应该留给家人!家人幸福快乐,我也便是幸福快乐的;把资源浪费在一个奄奄一息的人身上,不值得,也不划算。

只是这些想法,我从未向家人提起过,以免他们以泪洗面。这是我永远不愿看到的悲伤。

第六章　生命终有涯　亲情却无涯

对于我拒绝看医生，家人只当我是在发脾气。他们都觉得我变了，脾气暴躁，与病前判若两人。母亲还常常抱怨说，你以前一直是个乖娃娃，现在怎么变成这个样子了呢，动不动就发脾气，动不动就骂人……

不可否认，我的确因为疾病而扭曲了一些看法，但大多数家人以为的改变，却是因为我却有着自己的苦衷和顾虑。

隔天，父亲便又踏上了寻医之路。

接下来的一个多月，父亲早出晚归，风雨兼程。那一张张皱巴巴的车票，带着手汗，或许还带着眼泪吧。当我看着它们时，真真切切地想掐死自己。父亲的的确确像屠格涅夫《麻雀》里的老麻雀一样勇敢！

秋日凌晨五点，天依旧很黑。

我被一阵一轻一重的脚步声惊醒，那是父亲一瘸一拐的走路声，我再熟悉不过了。

窗外，天边的星正亮得起劲儿，仿佛黑夜的眼睛。

我伸手摸一摸手机，被子外面的冷空气让人难以招架。时间恰好五点一刻。

我心想，如今的我，已然扯了家人的后腿，否则，父亲怎会如此辛劳？

生与死的问题，又萦绕在了我的脑海……

"小点儿动静，不要吵了孩子睡觉。"母亲压低声音道。

在父母眼里，纵使你已过而立之年，也依旧是个孩子，仍需要他们的呵护。

我又心想，无私的爱就该得到无私的回报，你怎能亏欠他们不还呢？

所以我，必须好好活着，以便等到好运，来报答他们的恩情！

"科学家能主宰疾病的存亡！"我自言自语。

"我的茶罐去哪儿了，怎么不在灶台旁？"父亲低声问。

"呔，昨天家里来亲戚，我招呼他们煮茶，给落在孩子那屋了！"

"那咋办？"

"就这样吃点馍馍算了，一天不喝不会死人……"

听到这儿，我故意弄大动静伸个懒腰，提高嗓门打个哈欠。

父亲恢复了正常声音，道："他醒了，快去取吧。"

在我的家乡，人人都习惯且喜欢煮罐罐茶。煮罐罐茶是老祖宗传下来的早餐方式，多数乡亲一天不喝就整天没精神。

第六章　生命终有涯　亲情却无涯

母亲推门进屋，在黑暗中说："你醒啦，是我们吵醒的吧？你继续睡，时间还早着呢。"

母亲拿手电筒一绕——后来，我很熟悉这个动作，当我不能自己翻身时，母亲每晚都是用这种动作进出四五次——便找到了父亲的茶罐，拿起茶罐欲离去。

"要去干啥？起这么早。"我问。

母亲说："不干啥，你爸就是去天水市有点事。"

我先入为主地说道："你们不要找医生，就是找到了……我也不会去的。"

听罢，母亲顾左右而言他："睡你的觉，大人的事你别管。"

其实，父母心里都很清楚，但他们却偏偏不肯死心。

父母轻声细语，喝毕了罐罐茶，天也就亮了。

一阵摩托车的声音带走了父亲。

母亲也开始了一天的忙碌：劈柴、做饭、做杂活……

我一不小心就再次睡着了。我再一次睁开眼时，拿脚指头试试被子外面，即使日头洗了窗户，空气还是如雪如冰。

母亲说："不要试了，你越试越不敢起，咬咬牙钻出来，也就那样子，赶快起床，今天我给你做了好吃的……我看着都流口水。"

我很怀念母亲因为我赖床而絮叨或者开骂的那些日子。自从确诊后,她让我时刻沉浸在"你与往日不同"的刺痛之中,还时不时地用"娃"这个只有婴幼儿才专用的称呼。

偌大的一个天水市,我不知道父亲是如何寻找的。或许,他大街小巷地挨个走访;或许,他通过网络搜索当地有名的老中医资料;或许,他见到陌生人就赔笑问询……无论哪种方式,都是不容易的。父亲是个不喜欢同陌生人交流的人,但是为了我,他屡屡挑战自己的弱点。

皇天不负有心人!经过六趟二十多天的艰辛寻找,父亲终于找到了一个想象中的老中医。

"这位老中医的病人遍布全国各地,北京的,上海的,甚至还有香港的呢。他就是一台准确无误的机器,把脉就知道病人是什么问题……"父亲说。

起初我以为父亲是故意美化他,好让我心动。不过,后来的事实证明,他是实至名归的。

"他是咱们省的名老中医,曾调理好了一个患有白血病的小男孩。我打听过了,运动神经元病可以试试……"父亲继

第六章　生命终有涯　亲情却无涯

续道。

父亲认为此次天水之行收获颇丰，所以笑得特别开怀。

"你听……那位老中医多么厉害，再去让他摸摸吧？"母亲哄孩子一样笑嘻嘻地说。

我内心苦笑——谁能左右一个不治之症？遂淡淡答母亲："你们这是何苦呢？在北京扔的钱还不够多吗？原本我决心不去，但……这是最后一次，你们记住了。"父亲一个月的苦苦执着、一个月的夜不成寐，我怎么忍心扼杀他的笑容？

北风飕飕，吹乱了母亲的头发。

母亲曾有一头乌黑亮丽的长发，两年前，因为我生病，她顾不上打理，剪成了短发。

从家门到车子，不过五十米，母亲搀着我，却足足走了一刻钟。我的腿抖起来，有如一条加了力的弹簧，一时半会儿停不下来，即使停下来了，也无法立刻走路。

冷风里的阳光毫无一丝温暖。

千辛万苦，终于走到车门处。父亲打开车门，笑脸相迎；旁边的司机也透露出关切的眼神。车门就在那里，我用尽全身力气，却踩不进低低的车厢。那不足三十厘米的高度对我来说就是万丈悬崖。

母亲又湿润了眼眶。

她企图帮我抬起腿脚,但我那腿脚,却是一头固执的犟驴——毫不听话。

最终,我只得反手抓住车门上沿,一转身,屁股先坐上副驾驶位,剩下的倔强的双腿,在三个人的帮助下才勉强放了进来。

太阳从东山头苏醒,睡眼蒙眬地望着大地,大地显得荒凉、萧瑟。寒气由大地而生,慢慢化作雾水,雨云一样布满原本湛蓝的天空,人世间就变成了仙境。

车子在坑坑洼洼的山路间颠簸,车载滚动播放着欢快的乐曲。可我在内心筑起一座城,里面关着悲伤的我。我看得见阳光也看得见鲜花,我听得见笑声也听得见情话,但我无法逃离这座城。阳光和鲜花、笑声和情话,对我,都是水中月、雾中花。那是一种可望而不可即的美,我望着它时仿佛望见了自己的前世。

两小时后,我们顺利抵达了天水的地界。

去马跑泉的路只有一条,正在翻修中,道路上停满了大大小小的挖掘机,满目疮痍,随时随地都是拐弯,偶尔还会出现逆行的拐弯;路边躺着一段段巨大的管子,管口粗得足够塞得进一辆小轿车，犹如一个个无底洞。

走走停停又一小时，我们才抵达诊所。

那是一座穿越时空的宫殿。五根中国红的柱子，直溜溜的，看上去富丽堂皇，古色古韵，雕梁画栋。屋檐镶嵌着五颜六色的镂空图案，美轮美奂，散发出古老的富贵气。一楼是老中医的办公场所，里面熙熙攘攘的人群，堪比北京大医院的大厅；二楼大概是其温馨的家，散发着一股子烟火气。

母亲搀扶我走进大厅，一股人群散发的热浪袭来，夹杂着浓浓的中药味儿。待坐定身体，平复心情，我才豁然发现，那一墙的锦旗让人眼花缭乱，有的来自北京，有的来自河南，有的来自新疆……几乎都写着"医术精湛，妙手回春"八个字，偶尔也有写着"高风亮节王大夫，济世活人显神通"的。抬头望向屋顶，文字展示的保健知识，大多出自华佗、孙思邈，给人以穿越时空之感。

身在人群中，那"同病相怜"者的嘈杂声，淹没了我的孤独。

老中医是一位慈眉善目的老者，看年龄不过四十岁，但实际已是年逾花甲。据说老中医外出从来不搭乘交通工具，二十公里内都是步行。他端端正正地坐在太师椅上，对面坐着他的儿子。他儿子的任务只是负责开药方。我不知道他们父子是如何配合的，只看到老中医说说笑笑把脉间，儿子便已开好了药方。

药方经过老中医的修改把关，才会送抵药材柜。

老中医的医术很是精湛，但规矩也不少。他每天只看七十个病人，多一个也不看，故，黎明时分就有人开始排队了。另外，他见到有不良嗜好者，譬如，消极悲观者、时时刻刻对着手机者，就会破口大骂。还有，他每逢初三、十三、二十三一律歇业。

起初，我以为老中医是故意摆谱，慢慢才了解到，他是个善良的佛教徒。

总之，老中医是个医术精湛的医生，也是个神秘莫测的老头。想要成为七十分之一，可不是一件容易的事。

老中医摸着我的脉象，大声说："你这是神经受损！前些年日本核泄漏事故，就导致了许多像你这样走路的人……"他叹了一口气，继续道："你这个病，我只能死马当活马医，现代医学根本没有办法！"

老中医的这句"现代医学根本没有办法！"让我心里咯噔一下。我心想，医生只是现在和过去的专家，他们并不是预测未来的专家，科学家创造的未来是医生无法预测的。

老中医并未看我的疾病资料，他只是凭借我的脉象来判断，便准确无误地确诊了我的病。

老中医在询问我的细节，父亲战战兢兢给他递着我的疾病资料。

"机器检查的东西，你先拿开。你倒是说说，我摸的结果和你检查的一样不一样？"

"一样，一模一样！"父亲怯怯地说道。

临别时，老中医特意叮嘱我：

"首先，你必须坚持锻炼，以抵抗肌肉的进一步萎缩；其次，你晚上得打开窗户睡觉，让脑袋不要处在缺氧状态；第三，你平时还要多喊多叫，锻炼发音的同时提升中气。"

这三个叮嘱，我牢记在心。

时光的脚不停歇，只会把明天变成今天，再变成昨天，从来不含糊。

清明节前夕，一位老人慢慢悠悠地走出了村子，面容憔悴，脸上的皱纹可以夹死一只蚂蚁。她右手拄着一根木头做的拐棍，左手拿着一个白色食品袋，食品袋里装着一个神秘的东西，没有人知道是什么东西。她是一位和蔼可亲的老人，逢人就笑，热情且善良。这天，她显得有些异常，就连见到最熟悉的邻居，也只是心事重重地走开了。

老人来到堡子梁脚下。梁之巅的堡子伤痕累累，微微泛黄的墙体像一个巨型马蜂窝。

堡子脚下是满山的杏花，花期接近尾声的杏花洁白如雪，在太阳底下耀得人睁不开眼。

老人坐在田埂上，默默望着远方。她的左手边放着那个白色的塑料袋，右手边横着一根满身枝丫的枯槐木，枯槐木上只有手握的地方闪闪发亮。不远处的麦地里有一帮小孩，他们由一个十三四岁的半大孩子带领，叽叽喳喳地奔跑着，放着各自的风筝。

阳光底下，麦苗在疯狂地生长着……

老人是个地道的农民，出生于二十世纪三十年代，没有上过一天学。我曾见过一张她年轻时的黑白一寸照，那是她生平唯一的一张照片。在那边缘褶皱卷起的黑白照片里，她似笑非笑，两条麻花大辫结实如蒜瓣。

我出生时，她已是中年妇女；我记事时，她面容始衰；我大学时，她满脸皱纹如蛛网。

第六章　生命终有涯　亲情却无涯

记忆里，她总喜欢把好吃的东西留给家人，自己宁可不吃或是吃家人剩下的，或是等到放着没人吃快坏了才肯吃；她从来不肯穿新衣服，总觉得自己配不上崭新的衣服；她生病时始终不肯看大夫，总能硬生生扛好一场病，扛病时面容憔悴，就连病魔看到都会心软。

她坚强的人生信条里只有"节省"两个字，从来不会喊出"痛苦"两个字。

这一切的一切，都只是源于她的自卑心——她总觉得自己不配享受生活，自己生来就是不求回报地为家人燃烧的……

旧社会是残酷的，是黑暗的。她好比一个囚徒，惧怕于牢狱的森严制度，故，不得不磨掉"不顺从"的个性，变成一个与其他农村妇女一样"优秀"的妇女。她被"三从四德"牢牢禁锢了一生。

她总觉得男人就该主宰自己的命运。她在男人面前甚至都不敢大声说话，男人聚集的地方，她从来都是掩面躲避而行。即使身处物质丰富的新时代，她也没能改变"男人优先"的思维。

她艰难地拿拐棍撑起了身体，走过一块麦地，停留在了另一块麦地，嘴里自言自语："今年的麦啊，很有长势，收成肯定差不了。"她拄着拐棍，伫立良久，思考良久，回到刚才坐过的地方，小心翼翼地坐了下去。

老人默默望着远方，突然就泪流满面。

她的心底里藏着一些大事。这几天，家里修葺房子，她住的那间屋被儿子拆了，但她不想住儿子那屋——去儿子的屋，台阶太高，拄着拐棍走路，上下都不方便。她想让儿子借邻居家的屋给她住几天，可儿子没答应，还对她大发脾气。她觉得活着就是为了看儿子的脸色，想想就觉得委屈。

她用衣袖拭了拭眼角的泪水。她的背影孤独且落寞。

春风，吹不走她内心的苦楚："孙儿拄着拐棍走路，挪步的样子比我还要艰难。老天对我孙儿不公平，我辛辛苦苦一辈子，就宝贝了这么一个孙儿，他是我的心头肉。如今，他落得不能走路，老天啊……你可以收了我，也可以带走他爷爷，只求你不要再折磨我的心头肉了。"两行苦泪在她的脸颊纵横。

她铁了心："不行，我得去找老天爷，我得去见阎王爷，我一定要求他放过孙儿。只要孙儿能活蹦乱跳的，哪怕要我下十八层地狱，我也千万个愿意。"老人求死的意志越来越坚定，犹如那田地里的麦苗，每时每刻都在疯狂地生长着。

春风和煦，万物复苏。

第六章　生命终有涯　亲情却无涯

　　这，本该是一个充满希望的季节，老人却选择了一条永不回头的路。她意志坚决，打开了那个白色的食品袋，取出了一整瓶的农药，一口气便喝了下去。

　　农药开始在她的胃里像野火烧荒草地一样蔓延，钻心地痛。农药毒害了她的五脏六腑，痛苦让她有些后悔，但是为时已晚。她痛得在地上直打滚儿，第一次流下了痛苦的泪。沧海化作桑田，她整整坚强了近八十年。

　　花香幽幽，微风过处，花瓣化作春泥；落日彤彤，燕子归时，残阳钻进乌云海。

　　枯草在热土里重生，秃枝在嬉闹中得势。一切都很真实，一切又都很虚幻。

　　老人持家一辈子，如今已是白雪盖头顶，却还想继续指点儿子为人处世。但时过境迁，儿子早已不是当年的儿子了，他已经有了自己的想法，而且与老人格格不入。老人左右不了儿子的意志，固执地唠叨个不休，于是，儿子就开始冷落她，甚至出言责备她。

　　对于儿子态度的转变，老人一直很委屈，只是她把所有的委屈都装在心里；逐渐地，她觉得自己已是无用之人，活着和死去没有太大差异，偶尔还会觉得死去更好呢，至少可以落得

179

个安安静静。同时，老人看着孙儿长大成人，盼着孙儿大学毕业参加工作。正当孙儿要谈婚论嫁、抱重孙子近在咫尺时，一场灾祸突然降临在了孙儿的头上。自此以后，老人抱重孙子的美梦也就随之彻底幻灭了。她深切地预感到，孙儿的病不是什么简单的病。她恐惧于见到孙儿不能走路，痛苦于命运对孙儿的安排。

夕阳透过黑云缝儿，努力放出最后的光线，照着那片麦田，也照着老人苦苦挣扎的身躯。

农药很快撕裂了老人的胃、融化了老人的心，还迷糊了老人的意识。

老人很难受，很想吃点东西，好压压那种撕心裂肺的难受。恍惚之间，一个白花花的馒头就摆在了她面前，老人毫不犹豫，一把就抓起馒头塞进了嘴。麦苗就着土疙瘩，硬生生被老人满塞了一嘴。

反胃呕出的农药，和着食物残渣，将土和成了泥。泥，封住了老人的嘴……老人的呼吸，越来越急促，死神已经扼住了她的喉咙……

残阳如血，微光透过乌云缝儿，渗了出来，奄奄一息的光照着大地，大地化作一片血海。

第六章　生命终有涯　亲情却无涯

天色越来越暗，黑夜奔将而至。

"你打电话问问，他婆是不是在老大家。饭已经熟了。"老人的二儿媳对老公说。

老人的二儿子老早就开始在担忧母亲了，他总觉得有些心神不宁。

"他婆在不在你屋里？"他急匆匆地打电话问哥哥。

"她……"哥哥被问得一头雾水，"不在家吗？"

此时，两个儿子才都着了急。

兄弟二人赶忙四处打听、寻找，可就是没有母亲的下落。

天色越来越黑，墨汁染黑了整个世界。

"快来你家麦田！你娘在这里……"此时，二儿子接到一个电话。

打电话的是同村牧羊人李大爷，他赶着羊群归家的途中，恰巧遇到了奄奄一息的老人。

兄弟俩赶忙前往麦地。

微弱的星光里，隐约可见两个身影：一个站着，如幽灵、如鬼魅；一个躺着，如田埂、如草垛。

"赶快！你娘喝农药了！"李大爷忙喊。

晴天一声霹雳，惊得兄弟二人如梦如幻。

一路上,他们设想了多种可能性:或许,母亲是关心庄稼才去麦田,不小心就摔了一跤;或许,母亲是眩晕病复发,突然之间就晕倒而不能走路……所有可能会出现的状况,他们都猜想了一遍,唯独没有想到母亲会喝农药自杀。

兄弟二人都不敢相信李大爷的话。直到他们亲自触碰到母亲那双冰冷的手,亲眼看到母亲那气若游丝的呼吸,他们才相信了李大爷的话。

二儿子一言不发,只是铁青着脸。他毫不犹豫地抱起瘦弱的母亲,在李大爷和哥哥的帮助下,将母亲缓缓放在了背上。然后,三个人朝着家的方向拼命奔跑。

老人躺在炕上,奄奄一息。泥土和着农药味,从她的嘴里不断涌出来。

大儿子一边清理母亲的嘴巴,一边拼命喊:"娘……娘……娘……"

可惜,娘已经失去了意识。她的眼角滚落了一颗泪珠。恍惚间,老人还在担忧孙儿。

"无……无……无忧……"她用尽全力,含糊不清地道。

虽然说得含糊不清,但身旁的大儿子已心领神会。他回答

第六章　生命终有涯　亲情却无涯

她："无忧的病，我一定会想办法给他治，您就放心吧。"

"去医院吧？"二儿子说。

"看状况……恐怕……已经送不到医院了！"大儿子盯着娘的脸道。

老人喝下了整瓶农药，中毒太深，已被死神牢牢握在了手掌心。

果不其然，不等大儿子清理完老人嘴巴里的泥，她就没有了心跳。

望着梦幻般化作静物的母亲，二儿子抑制不住的泪水顷刻间涌了出来，遗憾、内疚和着悲伤，统统倾巢而出，使一个大男人哭得像个小孩子。

"我就不该对她发脾气！我今天怎么就说她'老糊涂'了呢，都是我的错！"二儿子重重地抽了自己俩巴掌，大哭道，"我就应该好好听她的话，给她问马家的房子住！"

哭泣声划破了黑夜，引来更多慰问的村民，挤得屋里水泄不通。

得知奶奶去世，孙儿在电脑屏幕上写道：

"大多数我们以为理所当然的，直到失去后才会意识到，并非理所当然。理所当然只是我们的一厢情愿！父母的健在是理所当然,他们的唠叨总让我们烦不胜烦;直到父母逝世后我们才会意识到,自己只是一个立于天地间的赤身裸体的孤儿!习惯的便是理所当然的;多么幼稚的想法!这个想法,让我们愧为人子……"

这位命运多舛的老人,正是我的奶奶。

月光朦胧了夜空,也朦胧了青石板小道,更朦胧了我的双眼。我痴望着奶奶居住的方向,诚心诚意祈祷她平安无事。将近午夜,我依旧等待着关于奶奶的好消息,但最终等到的是一滴眼泪。

我的患病对奶奶是个灭顶之灾。

我很悲伤、很愧疚,也很无奈——是我,间接让她提早结束了生命!

奶奶逝世那一刻,我并不在她的身边。当时的我,行动已经极为不方便。

奶奶的一生多灾多难,但她一直很坚强,很善良。

那一年,堂弟只有七岁,奶奶不放心这么小的孩子独自住校,于是要求二叔租一间房子,自己伺候孙儿上学。从此以后,每一个周五下午,她都陪堂弟步行十里回家,每一个周日下午,她又陪堂弟赶赴学校。有一次,奶奶因事耽搁了行程,只能在周一中午之前赶去给放学的堂弟做饭。她紧赶慢赶,已是艳阳高悬。眼看孙儿就要放学了,奶奶加快了脚步,她只顾着赶路,丝毫没有注意到对面急速驶来的一辆摩托车。她被摩托车上横放的一根钢管触到,单薄的身体顺势飞了出去,然后重重落在坚硬的地面,脑袋又刚好撞在一块石头上,瞬间便昏了过去。

摩托车司机见四下无人,打算逃逸,但他看到了侧旁电线杆上的监控,才不得已上前查看被撞之人。

"我没事!你扶我起来,我要去给孙子做饭呢。"奶奶迷迷糊糊地说。

说罢这句话,奶奶使足了全身力气,试图坐起身,但怎么也坐不起,身子犹如陷在一堆棉花里,怎么都使不上劲儿。奶奶被送进了医院,医生说她的颅脑出血了,幸亏送得及时。

出院之后,奶奶就拄上了拐棍,从此再没离过手。

奶奶的身体也大不如前,疾病一样接着一样:高血压、眩晕症,后来还被诊断出了动脉粥样硬化。或许,她选择离去的原因,不只是恐惧和委屈,还包括疾病带给她的痛苦与折磨。

奶奶永远地离开了我!

奶奶下葬那天,我写了一篇祭文:

奶奶，愿真的存在一个天堂。您生前的功德，肯定足以身在天堂！

幼年时，我总是趴在您的脊背上面。有一次，您带我步行十里看大戏，您背了我一个来回，同行的人只要接手，我便大哭大闹，唯有在您的背上，我才是一个乖宝宝。那一天，我还在您的背上撒了一泡尿呢。冬日的阳光虽然暖和，却也晒不干您那一身的潮湿。您不但毫无怨言，反而为了不湿到我，还脱去了外套。

童年时，您扮演了严父的角色。您不懂怎么讲道理；每次遇到我不好好学习，您总会拿鸡毛掸子打我的屁股。您恨铁不成钢，曾打坏了无数个鸡毛掸子。有一个周末，我正打算与同伴去掏鸟窝，不料被您撞见了，您二话不说，折一根细柳枝，将我赶回家写作业。我当时恨死了您。但大学入学那天，我的内心是感激您的，您知道吗？

长大后，您成了一支山歌。在每一个归家的日子，您总会奏出同样的调调——一再地问东问西。那时，我是多么厌烦您。有一次，因为您啰唆个没完没了，我忍无可忍，就对您大发脾气。您伤心地落下了眼泪。如今，我真的追悔莫及——您只是关心、好奇孙儿在外面过的生活……

一支蜡烛，屹立在烛台之上，默默地燃烧着；屏风之后，您安详地躺着，永远不会打我或者唠叨我了。您就像这支燃烧的蜡烛，烧尽了自己，照亮了家人，最终化作一方净土，永远地守候在了家门口……

您知道吗？您的逝世太过突然，让我措手不及。我还没来得及向您解释误会，我还没来得及好好孝敬您，我还没来得及带您看看外面的世界……曾经，您说，等我工作了，要带您去北京天安门看看……您的逝世，让我深深内疚于自己的不孝，让我耿耿于怀于自己的无知，让我斤斤计较于自己的不耐烦……

我知道，您唯一的心愿是我恢复健康。我答应您，一定好好活着。

事情的发生，大多数时候，我们总是只考虑自己的感受、抒发自己的感情，根本做不到换位思考；或许，奶奶需要的并不多，一辆轮椅、一份家人的关心，就满足！但这两样东西我和我的家人却始终都不曾给她。

奶奶的去世，使两个家庭终生抱憾，母亲哭得尤为伤心。我深深地知道，母亲不单单是哭泣奶奶的去世，她还哭泣儿子的现状——自我生病起，母亲便寸步不离，我有如回到了二十九年前那个嗷嗷待哺的小婴孩。

时间永不停歇，距离奶奶去世转眼就是一个月。

这一天，我再一次踏上去老中医诊所的路。我已在他那里取药九次。

我的疾病大势虽不可阻挡，但一些小的症状还是得到了有效的控制，这一点我能切身体会到。另外，我的精气神也有了很大改观。

去诊所的沿途开满了灿烂的月季，有红色、粉色和黄色的，姹紫嫣红，争相怒放。

春天，自到来的那一刻，就注定要走向冬天。结果是必然的，但重要的是你怎么能让它尽可能有意义地走过。当然，有意义的春天一定是"慢"节奏。

"最近有没有做梦？早上能否清晰记得梦境？"老中医把脉问。

我不假思索地答道："夜夜做梦，有时记得清楚，大多数比较模糊。"

听了我的答案，老中医微微一笑。

我不知道做梦和疾病有什么关系，但我相信老中医自有他的道理。

"今天是什么日子，你们有没有人知道？"说说笑笑间，老中医突然问所有人。

大家都被他问得摸不着头脑。

最终，老中医揭开谜底，今天是佛诞日，是佛祖释迦牟尼出生的日子。

老中医是个慈悲之人，他的一部分劳动所得，都捐给了慈善事业。

那些你生命中存在过的东西，如今都变得那么尖锐，总能在不经意间划伤你。就连你曾经坚信不疑的那些思想，都变得虚无缥缈，让人怀疑其真实性。譬如，我以前总认为造物主对所有人是"公平"的，因为每个人都拥有五官，但事实上它是"不公平"的：为什么同样的环境，独独有些人的基因会突变？为什么有些人感冒会长时间不好？为什么会有先天性耳聋这种疾病？

夜深人静，我辗转反侧，无心睡眠。

窗外月光如霜雪，冰封一个世界；脑海思绪如网结，捆死一个世界。

同样被称作"世界"的东西，却有着天壤之别。

恍惚间，我恢复了往日的生活：三两下穿好衣服，一两步跨下炕头，随意切换脚步，轻松又自在；蹲在地上，几秒钟便系好鞋带，毫不费力地站起身；大踏步便跨出房门，整个动作一气呵成。

忽然，一束强光射过我的双眼。那是母亲特意来查看我是否盖好被子的手电筒光。

自我生病，母亲几乎夜夜查看我的被子，她怕我无意中踢开被子，受凉感冒。没多久，她不只查看被子，还得辅助我翻身，每晚起来三五次。冬去春来，她固执地坚持着。

母亲看了看我的被子，盖得整整齐齐。她很安心。

"你继续睡，我这就走……"母亲低声道。

她说罢就离开了，留给我一片黑夜。

原来只是一个梦，一阵酸楚袭上心头。

"漫步人生路，三分看造化，七分靠自己！"我自言自语。

次日，母亲起床时，我也就起来了——早睡早起，要有规律地生活。

第一，我必须找到一样自己能做的事。史蒂芬·霍金选择思考宇宙，写出一本《时间简史》。第二，我必须计划有规律的作息时间：早晨七点起床，晚上十点睡觉。第三，我必须做到坚持锻炼，纵使肢体越来越虚弱，我也要持之以恒地坚持锻炼，直到身体像弹簧振子一样完全静止。

母亲好奇道："你今天怎么起这么早？太阳没有打西边出来呀。"

我满怀自信地说道："以后我都会这么早起，你起来就叫我。"

母亲若有所思，道："这样也好，你以前的早餐和我们午饭一个时间。"

此前，母亲总是忧心我的早餐时间，她觉得按时吃早餐对我抵抗疾病有好处。此后，母亲较以往早起半小时，专门辅助我起床——我穿衣服需要母亲帮助了。

天晴的日子，我习惯在大门口的柏树底下小站——为了方便我站，母亲特意把我大学时代练空手道的服装的腰带系在树上，专门让我用来扶手，然后让我坐在轮椅上晒太阳。

母亲从来都陪在我身边，不离开半步。她的坚守，偶尔会让我烦躁,因为我想独处。

此时此刻,母亲总会语重心长地说:"等你好了,我就不陪你了。"紧接着,她会叹一口气,继续说:"到时候,你想去哪儿就去哪儿,我就不管你了。"

我知道,这是母亲在诉说她的心愿,也在诉说我的心愿。

是日,风和日丽,清风徐徐。我刚要从电脑旁起身,母亲就急匆匆赶进了门。

"只要你一抬屁股,就算地上有块金砖,我也顾不上捡!"母亲说。

母亲先是扶我倚桌而站,然后迅速取来拐棍,塞到我手里,再小心翼翼地扶我出门。她的每一个动作都准确、稳妥,从来都是打起十二分的精神。

母亲是我的另一根拐棍,只是母亲这根拐棍,很懂我的心思。

我左手拄着拐棍,右手扶着母亲。

我步行的速度比蜗牛还慢。

母亲常常念叨:"你这哪儿是走路哇,明明就是我拖着你走。如果不是我帮忙,你一步都走不了了。老天真是瞎了眼。"

我心想，这已然就是母亲后半生的人生写照。

在走路的过程中，我总会出现双腿震颤，只要双腿一震颤，我就立刻寸步难行。这一天，我差点被新买的鞋子绊倒。为什么新鞋子都会带来灾难？这是因为我的双腿失去了分开的力量，走路时，两只鞋子的内侧会互相摩擦。千钧一发之际，妈妈竟把自己垫在了我的身体底下。

母亲缓缓移动自己的身体，然后帮我翻个身，让我坐在地上，等待我的双腿放松；紧接着，她用右手扶我的头，用左手帮我双腿打弯；最后，她拼尽全力抱我站起身。这个过程，足足花了十多分钟。

此时，母亲已是大汗淋漓。

"我的两条胳膊都酸了！"妈妈酸楚地说道。

这个给了我生命的女人，已经被岁月所刻蚀，那松弛的肌肤略显枯黄，就像她前几天的自嘲：我的脸啊，就像烤熟了的土豆，紧巴巴、灰突突的。因为照顾我而没时间去理发店，她自己摸索着剪的头发参差不齐。

我无法想象，身子单薄、个头只及我肩膀的母亲怎么会有这么大的力量。

千辛万苦，我们终于到了门口的那棵柏树旁。

拽住那根腰带，我仿佛系着一条安全带，或看看远路，或练练嗓子，或仰天长叹……或许不久的将来，我连这些事情都将无法做到……

小站期间，母亲会乘机折返回家帮我拿轮椅。回来后会仔仔细细扶我坐上轮椅。

独坐于一角，我表情凝重。

"开心点，看你这样子，我的心就七上八下……"

母亲开始辅助我锻炼：抬左臂一百次，弯左胳膊一百次，活动左手一百次；抬右臂一百次，弯右胳膊一百次，活动右手一百次。日复一日，日日锻炼六百次，从未间断过。

每次母亲总会大汗淋漓，但她从不喊累，只会偶尔抱怨老天不公平。

"要是你能站起来，跑一圈儿，那该有多好！"

对于母亲说的话，我大多数情况并不理会，偶尔会觉得她像孩子一样纯真。

我享受一个人的安静，偶尔看着风景思考人生，大多数情况下会梦见一只蝴蝶。

我常常跨着大步追逐一只蝴蝶。暖日当空，世界很热闹，一只蝴蝶正拍打着漂亮的翅膀，飞向一片花海。想想几个月前，它还是一只丑陋的毛毛虫，破茧成蝶后，就变成了漂亮的、自由飞舞的、人见人爱的蝴蝶。我极度讨厌毛毛虫，却深爱着蝴蝶——我爱蝴蝶的自由自在。

"今天暖和，我给你洗个头吧。"母亲突然说。

说是征求意见，但她手上已经拿着洗发水，端着洗脸盆。母亲用龟裂的手试了试水温。

"你指甲长了，我给你剪剪吧。"洗罢头，母亲道。

未等话落，母亲便从口袋里拿出指甲剪。

"再给你掏掏耳朵吧，就像没刷的灶台一样。"剪罢指甲，母亲又道。

母亲回到房间，拿两个棉签，笑嘻嘻地给我挖耳朵。记得母亲第一次帮我挖耳朵，我忍不住咳嗽个没完。母亲就说，好耳朵都会咳嗽。自那以后，每每遇到母亲准备帮我挖耳朵，她还没触到耳朵我就故意咳嗽。这个时候，我和她都会笑到不能自已。

母亲每晚都会给我洗脚，她嘴上说夏天就不洗了吧，但到了夏天，她又会说，冬天泡脚人暖和，夏天泡脚也有好处。到底有什么好处，她却说不上来了——反正她总要抠抠我脚底板，她不喜欢看我神情严肃。

天边一朵黑沉沉的云被夕阳烧红,外边的光亮与屋里的暗淡对比鲜明。

进得屋门,母亲会安顿我坐在电脑前,随后便端来一碗热气腾腾的美味。

自从我生病,母亲的日常工作就凭空增加了好几倍。

热气腾腾的美味渐渐失去了温度,我却迟迟不肯享用。

"别玩了,赶快吃饭!"

我正沉迷于《蜡笔小新》。我始终觉得它不单单是给小孩子的作品,它那幽默风趣里蕴含着大道理。我无视了母亲说的话,母亲偶尔也会发脾气。

"你老看这个烦不烦,一个动画片有那么好看吗?不如看个电视剧……"

大多数时候,我并不理会她。这一次,我有点急眼了。

"电视剧有太多垃圾,新拍的都是垃圾,有什么好看的!"

"呵呵,能惹你笑的东西都是好东西,我不管它是啥东西……"母亲继续道,"看你笑我就高兴,你赶快吃饭我会更高兴……"

母亲一句话,就让我的语气柔软了下来。

我已不能用筷子,只能用叉子和勺子。随着时间的推移,母亲会一勺一勺喂我——早饭、午饭、晚饭。一勺一勺的饭，我吃着都嫌烦，然而母亲从来不说烦，就算自己的饭碗里结了冰，她也不会说什么，只是问我有没有吃饱、想不想喝水……

我吃饭时总会洒一身的汤汁，母亲总会不厌其烦地为我清理。

母亲是个急性子，但在我面前，她能彻底改变。

有时候我在想，假如我是一个健全人，在母亲晚年的日子里，我能不能做到像她伺候我一样地伺候她？

每每看到母亲疲倦到打盹，我就觉得自己是个彻头彻尾的拖累。

日复一日，我逐渐地虚弱，将一点点动能还给曾经；年复一年，母亲逐渐地老去，青丝化作银发。我与母亲，到底谁是谁的子女？

岁月悠悠，世界每天都在不断地发生着变化。通往老中医诊所的路，从杂乱无章的崎岖小道变成水泥毛坯路，再从水泥毛坯路变成笔直的公路，还安装了红绿灯、路灯，路边栽满了鲜花、梧桐树。三年的时间，我见证了那一段路的变化。接下来的日子里，父母陪着我，或者我陪着父母，还会继续见证这一段路的变化，直到疾病远离我，或者，我远离这个世界……

偶然，我家的小橘猫钻进我的轮椅底，眼盯着那些忙忙碌碌的蚂蚁。

我低头望着那些忙忙碌碌的蚂蚁，羡慕不已。我也曾经和它们一样啊！

小橘猫看腻了、跑远了，我的目光便也跟着去了远方……

第七章

暗涌接暗涌
孤独对孤独

第七章　暗涌接暗涌　孤独对孤独

如今的我，已经怯于照镜子了。镜子里的自己，神情萎靡、口水连连，肩膀宛若消失了，胳膊瘦得只剩骨头。脖子的力量不足以支撑脑袋的重量，故，我时时刻刻都抬不起头。

你看，他来了，满面笑容、兴冲冲地来了。

"兄弟，新年快乐！我来找你喝酒了。"他说。

"新年快乐！赶快进来，让你叔陪你喝。"母亲说。

我苍白地笑了笑。他来到我的身边，在我耳畔低声说：

"两年不见了，你还好吗？"

"还……还……还不错……"我用十秒钟说出这句话。

"你说……什么？"

"他说'还不错'。"母亲翻译道。

他没有了笑容，脸上露出一丝酸涩。

他拍了一下我的肩膀。虽然只是轻轻地拍了一下，但我差点倒在了椅子里。他低下了头，再次抬头时，眼睛有些泛红、潮湿。

他的眼神是一面镜子，我看到了自己的模样。

"来得匆忙，没带什么东西……发个红包吧，买点东西补补身体。"

我沦落到了收兄弟红包的地步！我居然沦落到了收兄弟红包的地步！

他走了，出门时拿纸巾擦了擦眼睛。

朋友说，三个月前，他女儿出生了，还给我看了她的照片，那可爱的肉嘟嘟的脸让我笑出了声。朋友还说，他即将升职，承蒙老板看得起，还拉他投资了新项目，他已然成了半个老板。我久违的笑容戏剧性地消失了，内心莫名其妙地一阵刺痛。

我们每个人都有两个世界，如金、木、水、火、土是看得见的世界，我们称之为物理世界；如喜、怒、哀、乐是看不见的世界，我们称之为精神世界。人的精神世界，从来都是孤独的。我的精神世界，就是一片沙漠，孤独的永恒不变的沙漠。

这一片沙漠，浩瀚无垠。这里的阳光，针一样尖；这里的空气，石头一样重。这里根本没有什么路。

行走在这里，足下的蝎子大摇大摆，醉了酒一样四处乱窜。偶尔，还会有粗短的角蝮蛇横过，犄角似匕首、鳞片如锉刀，它矫健如闪电，它的自由让人惧怕。这里寸草不生，偶尔有一棵仙人掌龇着毒牙。我不是迷路者，我记得怎么走出沙漠，只是我无法逃脱沙漠死亡之神的魔力。

行走在这样的沙漠里，我的意识始终异常清醒。

我的全身上下，甚至一根木棍都没有。我只能凭借小心谨慎来保护自己。

在沙漠行走久了，慢慢也就习惯了，只是，内心那想要走出沙漠的渴望一直折磨着自己。

不成想，我在沙漠里遇到了一群我这样的人。他们步履沉重、无精打采，甚至有人还流着泪。

"原来这里还有别人！"我自言自语。

我在他们的目光里没有找到安慰，也没有找到好奇，只找到了我自己。

从此以后，我有了同行者。

"顿悟老、病、死，比想象的简单；顿悟生，才是人生最难的事。生，是一系列平凡无奇的事情的组合。疾病致残了你的身体，残疾的身体绑架了你的精神，一次摔跤，或一次便秘，或一个认识的病友的离开……你总能遇到对生的顿悟的事情。一次次顿悟，一次次否定；一次次否定，一次次顿悟。物理世界，变化是唯一的不变化，春有百花娇，秋有皓月明，夏有凉风起、冬有白雪飘；但精神世界却不会随这些人世间的万事万物变化，只会随身体的变化起起伏伏。这些细碎的平凡，让人苦不堪言。或许，不能坚持到底的人，都是败给了顿悟平凡吧。"

不知从什么时候起，我养成了自言自语的习惯。我也习惯于胡思乱想。

黄土地上有一台轮椅，密密麻麻的辐条支撑着两个平行的轮子，自大地走过，留下两条宛如现在与记忆的轨迹。上面坐着的人，脖子始终面向天空，但永远没有抬过头，仿佛一棵熟透了的向日葵。

春风很软，仿佛女郎身上的薄纱，略带着悠悠花香，拂过你的脸颊。

不远处的柏树参天，枯萎与嫩绿共存，九根树干在离地处密密挨在一起，一直延伸到高空才烟花一样地散开了。这棵柏树，在一人高的地方有个树洞——几年前是没有树洞的，树洞里住着一块琥珀，美丽的琥珀。

第七章　暗涌接暗涌　孤独对孤独

我呆望着一树月季，那粉红色的花儿，犹如掀起盖头的新娘子，娇滴滴的，酥软了一旁的我——花儿正在盛放，我不敢发出声，生怕打扰了她。

春天啊，那是一片樱花的海洋。

一树树樱花，就是一个个偷偷溜下凡间沐浴的仙女。我仿佛听得到她们的嬉戏打闹声。我心想，她们之中随便一个，都能完完全全主宰一个男人的春心。零星的绿叶间，满开着热闹的娇红，你挨着我，我挤着你，争奇斗艳。一朵樱花就是一颗红豆，那弥漫着的香味儿，就是梦寐以求的新娘的体香。

春风绵绵地吹，绿草悠悠地动。

樱花树下，是一望无际的草地，野花烂漫如天上的星星。偶尔，还有一两只小鹿跑过呢。潜入樱花的海洋，我渴望遇到一个像樱花树一样粉中透着白、白中带着粉的女郎，她应该有着樱花树一样的娇羞，我也定会送她一树樱花的红豆。

突然，天空出现一朵彩云，忽又化作一位长者，慈眉善目，胡须鹤白，发髻如雪，左手执红线，右手拿拂尘。长者自称月下老人。

"我可以满足你一桩心事。"长者说，"有求必应。"

我喜出望外，叩拜道："赐我一段姻缘吧！"

月老听罢，哈哈大笑。

"俗世姻缘由天定，事出冥冥东南行。纵往百花深处寻，自有扁舟载深情。"

我迷惑道："恕我愚钝，不明白您的意思！"

他并不言语，化作一阵青烟，消散了。

长者那首诗，到底是什么意思呢？我百思不得其解。

我半信半疑：现代社会，怎么可能会有月下老人？但我又明明白白、清清楚楚地看到了呀！无法解释的疑惑，令人欲罢不能。

走着走着，有一面湖泊阻断了我的去路。

湖水湛蓝，成群结队的鱼儿在水里摆尾巴，自由自在。鱼群有着彩虹一样的色彩，金黄陪着血红、花白伴着暗紫，已然是天上的彩虹揉碎在湖泊边缘。

我无心赏风景，只是风景太过迷人，夺走了我的视线、迷走了我的心智。

湖心现一叶小船。点点的小船在变大，那是时间的脚步。小船悠悠，从船舱慢慢走出一个倩影，竟是独孤爱。独孤爱在靠近我。

她笑嘻嘻地站在船头望着我，娇滴滴似一树樱花。

第七章　暗涌接暗涌　孤独对孤独

既见玉人，喜不自胜。我怀疑自己说不出话，因为我是一个病人！

"爱，你怎么在这里呀？"我憋足一口气喊道。

原来我能说出话！

"俗世姻缘由天定，事出冥冥东南行。若往幽湖彼岸寻，自有良人送深情。"

独孤爱的表情忽转幽怨，道："我已在这里等你多时了，无论你处在什么样的状态，你我都是一对打不散的鸳鸯。你怎么忍心抛弃我呢？"

望着她一脸的纯真，听着她真诚的话语，我知道她是真心诚意的。

我毫无保留地说道："爱，我很快就会死去。你不怕跟我没有结果吗？"

她一步跨上岸，扑到我怀里，道："无论天堂地狱，我誓与你不离不弃、生死相依。"

我倾诉积攒的心声，道："其实，我早就想与你不离不弃了！"

一串两串相思泪，淹没彼此的红豆。

"我要在湖边盖一间木屋，面朝湖心，与世无争……木屋不要大,只容得下我和你,以及我们的爱情……下雨的日子,我们倚窗听风雨;天晴的日子,我们勤勤恳恳种稻米……我也一定要学会种花,种一片玫瑰花,送给你……"我说。

遇见独孤爱,让我相信了"月下老人"是真的存在,它是世人缘分的主宰。要不这种冥冥之中的遇见怎么解释?我和她的"西湖之旅"不正是月老口中的"事出冥冥"吗?

"看来,我与独孤爱能长相厮守,是上天早已注定的!"我自言自语。

漫步在樱花的海洋,我顺手摘一枝送给她。

她的手,软软的、滑滑的,惹人醉。

忽一阵旋风经过,樱花瓣儿落了一地。

"无忧,快醒醒……该吃药啦!"

母亲把我拉回到现实。轮椅逼仄得让人烦躁。我确实该吃药了!

脑海里,独孤爱变成一棵仙人掌,浑身长满细细尖尖的毒牙。

春梦无痕起闲愁,荒唐满目生风柳。梦里梦外皆是梦,年来年去空白头!

每次想到母亲要洗那干巴巴、遇水又会变得黏糊糊的鼻涕样痕迹，我就恨死了自己：你为什么还拥有第二性征？你还配拥有第二性征吗？

喝一碗黑色如烟煤水的中药，一滴相思泪滴进黑色液体，窜遍五脏六腑……

燥热的季节，人们总渴望一幕凉风，若有一杯冷饮作陪，那是再好不过了。我却被医生忠告：禁忌生冷食物。

心中的想法犹如滔滔江水——若我康复如初，将会发生什么呢？

首先，我会花一年的时间去看看这个世界：去长白山天池看水怪，去西沙群岛观鱼群，去珠穆朗玛峰探积雪，去东方明珠会友人，去撒哈拉沙漠骑骆驼……我离开这个世界的美，仿佛已有一个世纪，我甚至已经忘记了花花世界的模样儿。

其次，我会回到自己的故乡，为家乡的发展做出一份自己的努力。开一家公司或许是一个不错的选择，既可以富裕自己，又可以造福他人。

眼下，乡村振兴战略犹如春风送新绿，使广大贫困地区犹如久旱逢甘霖。顺势而为，承包一些土地，开一个农场：或种小麦、玉米，或栽花椒树、苹果树，或养鸡、养猪……都是可以致富的途径。

无论这个世界如何变，人类吃的东西是确定的。这是一个急剧变化的社会中的不变。此外，当前社会，城镇化深入人心，大多数农民已经放弃了自给自足的耕作生活，转而选择外出务工，如此一来，他们也就成了粮食需求者。

大趋势下，一方面，自给自足的农民减少了，另一方面，人们对农产品的需求增加了。

农产品纵使利润单薄，也是一个万古长青的产业。

不过开一家公司，肯定不是想象的那么简单。除了眼力，肯定还需要足够的经验。

我不是农业领域的专家，但我是农民的儿子，自幼就接触种植和养殖。当然，我肯定还会继续学习，去外地农业大省实地调研，结合自己家乡的实际情况摸索出一套属于自己的种植养殖方法。我也一定会严把农产品的质量关，让消费者安心。

待公司有了产出，我会结合自己的金融知识，实现农产品的期现对冲。

获得财富后，我一定会为父母盖一栋敞亮的大房子，房子一定要面朝阳光。我也一定会好好倾听二老的心声，满足他们所有的诉求……

第七章　暗涌接暗涌　孤独对孤独

母亲打断了我的幻想。我感觉脖子酸得就像加了醋。

今天，因为堂弟来了，所以母亲想推我出门散散心。

轮椅走在新修的乡村公路上，滑溜溜的，稍微用力就会有失控的危险。我是从来没想过会被推出门的，因为黄土路坑坑洼洼，轮椅走在上面仿佛得了多动症，那样，我的骨头会散架。

堂弟蹦蹦跳跳，时而踩一脚路边的喇叭花，时而踹一脚探路的大黄狗。

远处的油菜花一片接一片，近处的刺槐花一层叠一层。芳香四溢的季节，蜜蜂的嗡嗡声响彻耳边。途经一棵迟发芽的刺槐树，我要求母亲把我泊在树前。老人斑一样色泽的枝丫，很是深沉，仿佛蕴含着深藏不露的思想。

我仿佛身在了秋天。落叶带着眷恋默默飘离高枝，一场落木潇潇雨，一角枯木蓬松地，都会让空气陷入清凉的氛围。远处传来悠悠笛声，意蕴凄婉，仿佛从树梢儿缓缓飘下的黄叶。一叶一菩提！南飞的大雁自由翱翔在蓝天，它们在云霄拍动着翅膀，向着几朵悠然如众神绣在蓝天之上的白云。

临睡时，母亲特意为我开了一扇窗。透过那扇背西朝东的窗，我可以清晰地看到明月和星辰。

将近凌晨，我依旧清醒；窗台上的那盆君子兰，也正开得起劲。

君子兰，花未眠，她正幽静地盛放着。

君子兰陪我一起清醒，我与君子兰独享黑夜。

微光里的君子兰，坚毅中流露出自己的风格：她没有屈服于黑暗。

黑夜无法染黑君子兰的花瓣儿，当白天来临，她又会是一片光彩照人！

忽然，我想到了泥土、阳光、温度、二氧化碳……这些，都是君子兰灿烂盛开的前提条件。

我仿佛听到了自己与君子兰的对话。"夜已深，你为什么还不睡？"

"盛放是我唯一的目标。"

"夜已深，你为什么还这么精神？"

"盛放是我唯一的目标。"

"你是不是只会说这一句？"

"我的朋友，你觉得呢？你父亲当初买我回来，可不就是为了让我开花吗？所以我活着的全部意义就是那句话。我没有

第七章　暗涌接暗涌　孤独对孤独

第二个选择，也不想有第二个选择。"

我觉得君子兰是在暗示我什么。到底暗示什么呢？

平日里，我总给自己很多个选择，以至于忘记了最重要的选择。

人生，简简单单如君子兰，目标清晰、信念笃定，度余生，岂不是更符合"道"吗？好比情窦初开时，我总喜欢同时追求两个以上的女孩，但结果往往都失败。如今，我只需要简简单单活着，其他都不是那么重要，不是吗？科技如阳光，等到旭日东升时，黑夜就会终结。

当你将目光移向黑暗，你就会发现，黑暗正在坠落，闪闪的启明星正挂在东方……

堂弟拿着一朵蒲公英，在我面前猛地一吹。

母亲一边为我清理落在身上的蒲公英种子，一边埋怨堂弟调皮捣蛋。

蒲公英的种子，飘飘洒洒，像极了我见过的院子里的雪花。

天寒地也冻，兽静鸟也寂。冰封万里前路，雪藏千古美梦。

院子西南角躺着一块磐石。自打我有记忆起，它就躺在那里，任凭春去春来、风吹雨打、人踩畜踢……自始至终都是一个模样。虽然它没有温度，却是坚定不移、傲视酷寒。

距离磐石一步远的地方有一棵寒梅树。

寒梅自有一双傲雪的眼睛。百花皆怕雪，唯有它不怯。它层层叠叠伴雪而开，无惧白雪高洁；羞羞答答站满秃枝，无惧冬日严寒；上上下下无意争春，无惧世界孤寂。

然而，同在一个枝头绽放的梅花，今年与往年有什么不同？往年的梅花已经死去！或许，它化作的泥土今年又灿烂在了枝头；或许，它化作的泥土今年变成了树干的一丝纤维……人世间有生命的事物，都有自己的循环。

沿着乡村公路，我坦坦荡荡地走着，心想，原来角蝮蛇并不可怕；它身上有我喜欢的。

"原来沙漠，也有它的可爱之处！"我自言自语。

四季轮替，只有各种各样的虚空的幻想，才能稍稍排遣我的孤独……

月前，当春风吹来的时候，村子里来了一帮人。

他们先是用推土机加宽、熨平了坑坑洼洼的泥土路面，接着又运来一卡车又一卡车的砂石，最后还运来一大批的水

第七章　暗涌接暗涌　孤独对孤独

泥……他们在村口开辟出一大块的空地，混凝土搅拌机就开始从日出响到日落……混凝土搅拌机经过处，大路变得坦坦荡荡，家家户户门口也都焕然一新了。

看看这些路，想想自己的现状，我的失意油然而生。我感觉自己走在路的影子里。

我多么想精神世界也随着物理世界而变化！

"唯有科技，唯有医疗科技战胜了命运，精神世界才能随着物理世界而变化！"我自言自语。

故此，我关心医疗科技在神经系统疾病方面的突破，就像关心自己的生命一样。

有一天，我搜索相关新闻，无意中看到一位温暖的女病人：她的命运，同我一样；她的病龄，同我一样。她的痛苦，也一定同我一样吧。

"同样的命运给了我们同样的迷茫，同样的感受给了我们同样的渴望。风儿吹起自由，自由是隔世的沧桑；阳光晒出快乐，快乐是渺远的他乡。"

这是我与她成为朋友后一个阳光明媚的下午她说的话，让我记忆深刻。

她叫刘兰，坚强且善良、乐观且美丽，一直在为贫困的病人提供援助，还联合百位病人写了一本书。我被她的故事所打动，渴望同她聊聊天，诉诉无人能懂的苦。顺理成章，我加入了她组建的微信群。

在这个群里，皆是上了命运黑名单的人：各行各业、各省各市、各年龄段的男男女女。

我给自己起了个群名君子兰。我要像君子兰一样傲视黑夜。在我的心里，每一位病人都是寒月下一朵孤芳自赏的花儿，坚毅地盛放在无人问津的地方。

头顶一轮寒月，身披一片朦胧。

"这种病不分高低贵贱、不分人品学识，也不会优待任何人。它是恶魔的喜怒无常，它是诸神的雷霆之怒，只要逮到你，就没有底线地折磨你……"

这是我后来说的一句话，我觉得很能表达我此时此刻的心情。

眼睁睁地，群友从一百增加到两百，从两百变成三百，后来又上了四百……我的心既受鼓舞又遭刺痛：鼓舞于理解我痛苦的人越来越多，鼓舞于这个群体的影响力会越来越大；刺痛于满群都是在绝望中苟延残喘的人，刺痛于命运的魔爪又伤害了一些人。

第七章　暗涌接暗涌　孤独对孤独

身在此群，每个人的痛苦都不完全相同，没有谁会觉得谁可笑。但大家的三观也未必完全相融。

屏幕之上，跳动的不是文字，而是一个个精神世界不能随着物理世界变化的世界。

这一天，我主动加了一个朋友为好友，一朵理想的玫瑰花。她说她的真名叫杨雨薇。

她问我看没看过《钢铁是怎样炼成的》，里面有一句："一个人的生命应该这样度过：当他回首往事的时候，不因虚度年华而悔恨，不因碌碌无为而羞愧。这样在临死的时候，他才能够说：'我的生命和全部的经历都献给世界上最壮丽的事业——为人类的解放而斗争！'"

她让我长出一对翅膀，这对翅膀不知疲倦。我自认没有济世之才，但她让我拥有梦想。

关于命运，她的今天就是我的明天，那是一次次物理世界与精神世界的肉搏。

历经年月，她用眼睛慢慢告诉了我她的二十四小时——吃完了第五顿饭，三小时后将是第六顿，未来的每一天也会是这样的二十四小时——以及她生活中的点点滴滴。以下是她记录的文字。

保姆王姐，把笔记本电脑连同底架，一齐推到我的床边，然后娴熟地把屏幕和键盘之间横着搁置好眼控仪——那是上天赐给我的一份大礼：外形酷似笨重的钢笔，面向人的一侧是手机屏幕一样的平面。这个平面，可以接收到人的眼光，通过明瞳追踪和暗瞳追踪技术，再结合复杂的算法，解读出人想说出来的话。

我常常惊叹：多么神奇的眼控仪，为我打开了一扇同外界交流的窗。

"妈妈，你告诉保姆，给我打的饭不要太热或者太冷……"电脑屏幕上写道，"我这个胃，现在火烧一样……"

我的一日六餐，是白米饭、蔬菜、肉、枸杞、大枣、茶叶等的混合物，用一台搅拌机打碎成糊糊状，然后用针筒从胃管里打进去。我的嘴巴，已成摆设，三年前，我就已经无法咀嚼了。

"小慧啊，以后给她打饭试着点，她胃溃疡，不能过热或过冷……"妈妈说。

保姆刷着短视频，头也不抬地回道："真难伺候，我怎么知道是热是冷。"

第七章　暗涌接暗涌　孤独对孤独

妈妈苦笑道："你打饭前先自己尝……"

不等妈妈把话说完，保姆就毫不忌讳地说道："我可不敢尝，我怕被她传染了。"

保姆王小慧心直口快，说话尖酸刻薄，心里想什么就敢说什么，即使脸上的皱纹如水里扔一颗石子一样荡漾开了，也阻止不了她和情人老头每周开一次房的脚步。她喜欢刷短视频，还喜欢买马。唯独这两件事，她能做到全身心地投入。

我耗时三分钟，在电脑屏幕上写道："你放心！我是神经病，不是传染病，不会传染的。再者说，你这么善良的人怎么可能会得神经病？"

保姆虽然只是小学毕业，但这句话里蕴含的意味儿，她还是能体会到的。她生气了。

她脸一沉，收了手机，大吼道："我这一天到晚忙得晕头转向，好不容易没事了休息一会，你就开骂了。算了，我不做了。这吃力不讨好的破工作，也只有我愿意做，你们还一个个挑三拣四的。不要以为我好欺负，我王小慧就没怕过谁。"

保姆老是这么威胁我，月前，我就受她威胁给她涨了工资。

保姆一生气,妈妈就慌张了。为了寻找这个保姆,我连续半个月不曾睡得安稳,妈妈东奔西跑,几乎踏破了县城所有家政公司的门槛。我需要一个认字的保姆,但认字且高素质的保姆,月工资都是以万计。这显然是我无法承受的。我只能退而求其次,人品差一点没关系,只要能读懂我的眼神就行。

"小王,你今晚买马打算买什么号?我也想试试。"妈妈说。

"你不差钱。买马不适合。"

"这样吧,我跟你买一百块,输了算我的,赢了全给你。"

"好。那你发我一百块。"

"她是病人,希望你以后多担待……"妈妈一边发钱一边说。

我望着电脑屏幕,心里很不是滋味。自己怎么会落到这步田地!?七年前,我还是一个健全人,踩着高跟鞋走在与老公合伙开办的公司里,人人见我都点头哈腰。唉……人世间的事,有时比戏剧还要戏剧,我真的怀疑自

第七章　暗涌接暗涌　孤独对孤独

己只是扮演"杨雨薇"那个角色，现在的我是不是在扮演另一个"杨雨薇"呢？如果是，那真正的没有扮演角色的我是谁？如果不是，那是不是意味着我天生就是一个病秧子？这些问题常常困扰着我。

"问你们，你们的保姆会骂你们吗？"玫瑰花（我）在病友群问。

"她怎么骂你了？"牡丹花问。

"说我事多、麻烦，就知道吃、就知道拉，还不如去死，死了她就安静了。"玫瑰花说。

"这种保姆必须换，真是丧心病狂。"寒梅花（家属）说。

"保姆这样子，你老公不管吗？"紫罗兰问。

"老公？呵呵。他巴不得我死！我刚刚有症状那会儿，我让他陪我去医院，他说自己忙，走不开，让妈妈陪我去。后来我确诊了，我说我的时间不多了，想趁着能走能跑去外面走走看看。他说让爸爸陪你去。我说我死之后你再找一个吧，只是，她必须善待我们的小儿子，他太小了，这是我唯一的要求。他默不作声了。现如今，除了保姆的工资是他发,其他事情,他都是不管不问。"玫瑰花道。

"久病床前无孝子,何况是老公!无论如何,你得持平常心。科学家能主宰疾病。"君子兰道。

晚上九点钟。他一摇三晃地推门而入,眼神迷离、神情恍惚,宛如一堆恶臭的烂泥。大半年来,这可是头一遭。半年前,我由轮椅转为长期卧病。他踱到我床前,摇晃着巨大身体,幸亏扶了一把一边的护理床,才不至于扑倒在床上。那股酒气差点让我窒息。

"我给小儿子……在市里买了套房,总共一百一十二万……"他声音沙哑地道。

"小儿子才刚刚满十岁,你是不是买早了呀?"电脑显示道。

"世事无常!"他停顿一会儿,"有备无患。"

"要是儿子以后有出息,在北京或在上海居住怎么办?"

"那就我自己住呗,多么简单的事儿。"

"你哪儿来的那么多钱?"

第七章 暗涌接暗涌 孤独对孤独

他冷笑一声,道:"在我的心目中,儿子们是第一位的,以后……咱们都省着点吧。"

疾病面前怎么省着点?我既安心,又不是滋味儿。

其实我早就知道,他在外面已经有女人了,他还要求儿子喊她"妈妈"呢,这些都是儿子亲口告诉我的,肯定不会有假,只是碍于自己已经不是健全人,我才装在心里,尽量不提及这些与活着无关的事情。

"尿尿。"电脑显示。

保姆随即拿来尿壶,扒开我的被子,安置在我的胯下。或许是因为他在场的原因吧,我居然尿不出来,最终还弄湿了床单。

"你怎么不去死呢,一天到晚地给人找麻烦。"保姆脱口而出。

说完这句话,保姆才意识到他还在,尴尬到涨红了脸。

也因为有他在,保姆的话让我很开心,有一种让人发现真相的感觉。

可他却若无其事,并没有表达什么看法,只是淡淡说了一句"我走了"就出门了。

十点钟。妈妈已经回家休息了,只有保姆陪着我。

吃完第六顿饭,保姆简单地为我擦把脸、洗个脚,然后给我戴上呼吸机——我平躺着必须戴呼吸机,否则不能呼吸——把自动翻身床摇平,再拿几条带子,把我五花大绑。屋子里制氧机的嗡嗡声让人烦躁,尤其夜深人静时。这台制氧机已经用了三年多了,病友说过滤芯必须一年换一次,他却说不知道怎么换,所以就一直没有换。

十点四十分,保姆躺在侧旁的床上,状态由蔫牵牵突然变得亢奋不已了。

"我们认识才不到半个月,你就突然说见面,这样子不太好吧?"她对着手机柔声道。

不一会儿,那边隐隐约约道:"小慧,我的心在第一眼看到你照片时就给了你了,我日日夜夜脑子里全是你,我求求你,和我见面吧?求求你。如果我明天见不到你,我想我会死的,你就永远见不到我了。"

老头有点激动的声音让我很烦躁。

老头是她的朋友给她介绍的新的情人。王小慧的丈夫早在她32岁那年就死在了建筑工地,三个孩子长大成人都是她的功劳。早年,她和村里的有妇之夫混在一起,

第七章　暗涌接暗涌　孤独对孤独

现如今三个孩子都反对她找老伴。她的前一个情人是她的雇主,后来他老婆去世了,但月前,因为他拒绝了她分一半房产的要求,两人一拍两散。

王小慧与新的情人正聊得热火朝天、激情万丈。

我忽然感觉自己仿佛一次海难中的唯一幸存者,流落荒岛,没有自由、没有爱情……所有健全人以为的理所当然,我已无能为力、身心俱疲。保姆的柔情蜜意,对我,是灾难、是梦境,宛若魔礼海手中的碧玉琵琶,地、水、火、风四弦荡漾的都是震耳欲聋的痛苦回音。

眼前,一个个熟悉的面孔在飞扬。

我算是不幸之中的幸运儿——得了这种疾病,大多数人活超不过三年,我却苦苦坚持了七年多!

因为这种孽缘,我认识了同命运的朋友:第一位当数一个刚过而立之年的女人,她很穷,但是很爱笑,因为买不起轮椅,我就送她一辆二手的轮椅,于是我们就成了朋友;第二位是一个同龄老乡,他乐观且热心,每每遇到困难,我都会找他诉苦,他也总能把我安慰得服服气气;第三位是一个花甲之年的大哥,他知冷知热,总能让我心花怒放……但他们,如今都走了。希望他们都在天堂享福吧。

我感觉我的身体在变化，逐渐变成了一只巨型毛毛虫，周身白毛，刺刀一样插向虚空，乌黑的头颅、黏液外溢的嘴巴，一道道黄、黑、白相间的带状条纹串着一环环深黄色、白色相间的圈，从头一直延伸至黑色的尾，腹部上下是一双双微微凸起的不计其数的脚。

它的身体很软、很笨、很重，就算拥有不计其数的脚，也不足以产生拖动整个身体的力量。

猛然间，我感觉地动山摇，于是，噩梦消失了。原来是床帮我翻身了。它每隔两小时就会帮我翻身一次。

我感觉床才是我唯一的真正的爱人，只有它，明白且能雷打不动地满足我的需求。

凌晨四点四十分，我已经无心睡眠。

躺在床上，我却感觉像躺在砧板上。

我还得坚持到七点钟。现在闹着坐起身，不但保姆会骂，就连隔壁屋的他都会骂。

我刚刚嫁给隔壁屋的这个男人时，这个时间点已经起床了。当时家里很穷，为了省去早餐开销，我宁愿早起一小时。这个男人对我百般呵护，我也无怨无悔地随他去

第七章 暗涌接暗涌 孤独对孤独

大理做生意。我们唯一的目标就是吃饱穿暖。我是个急性子，脾气火爆，所以，他一直都听我的。那时候，日子过得真幸福。后来，事业慢慢有了起色，我也怀上了孩子。再后来，我回家生产，他也随我回家，用积攒的财富与朋友合伙开了一家小公司。

就在我理所当然地享受生活时，恶魔般的命运却给我当头一棒。

健康是什么？是一种融入世界的权利。身在蓝色星球，造化让星球热闹非凡、披红挂彩。万物下有重力上有离心力。身体是平衡的，平衡的就是最好的。健康是你能平衡一切、探索真相的关键。你时时刻刻拥有这种权利，但时时刻刻忽略它的存在，当有一天你真正意识到它时，你已经失去了它。

终于，保姆起床了，他也去上班了。

保姆先是去掉纸尿裤，再拔掉呼吸机，然后就是洗脸刷牙。

给我刷牙，是一件麻烦的事，她必须先给我戴上防水肚兜，然后掰开嘴巴，宛如在刷一副假牙。此时保姆骂得最肆无忌惮，因为她知道妈妈九点钟才来，家里就只有她和木头一样的我。

八点钟是我的第一顿饭。打饭的同时,她会随手打开电脑。接着是按摩一小时。此时,电脑会自动打开手机模拟器、微信,还有QQ和音乐。

一曲莫扎特钢琴曲钻进耳朵,此时此刻,我觉得自己才是一个女人。

不一会儿,年逾七旬的妈妈就会提着十余斤的菜篮子气喘吁吁地推开门。这是已经持续了多年的场景了。妈妈的脸颊上,皱纹横七竖八,汗珠子如豆子一般大。我的心如刀割。

九点左右。我借口大解,想坐在轮椅上轻松一下。

保姆把右手伸进我的脖子底下,妈妈扶头,转动一下,双腿就悬在了半空中,打不了弯,好一会儿,才渐渐放松下来,落在地上。保姆用脚挡在我脚尖,一用力,我就战战兢兢地由两个人扶着站住了。然后保姆环抱我,猛地一转身,我就被安置在了事先准备好的轮椅上。

保姆是主力,妈妈做帮手,偶尔还要爸爸搭把手。

此时,我就会觉得坐着真好!我生病前从来没有觉得坐着是幸福的。

第七章　暗涌接暗涌　孤独对孤独

梧桐树上的乌鸦窝，在阳光底下显得安静祥和。

美好轻松的一小时，转瞬即逝。

关于我躺在床上，你曾写过一段文字：

"把她摆放在床上，保姆更像是一个装卸工，她就是床的一部分。她那一双乌溜溜的眼珠子很灵动，仿佛在说着一个古老的美丽故事。窗外，风儿吹着，云儿笑着，鸟儿唱着，阳光透过玻璃窗在半墙腰走着……不一会儿，阳光将会窥视她东倒西歪的发丛，然后洒在她因为面部肌肉萎缩而深陷的脸颊……那个时间段，她将无法与人交流，因为电脑遇到了逆光，紧接着，阳光会洒在她干瘪的胸部——那可是她曾引以为傲的地方！——然后又缓缓移向她始终弯曲的伸不直的手指头……这些是她闭着眼都知道的。她能看着阳光的位置准确说出几点几分。阳光窥遍了她的全身，唯独身体里头被遗忘。"

我们偶尔会发生口角。虽然我们有着同样的命运，但我们的疾病呈现的状态是不同的！所以我们时时刻刻都在陪伴着彼此，就像牙齿和嘴唇，亲得很，不小心时还是会咬一口。你每次都会包容我，我感觉心里头热乎乎的。

"谢谢你！如果不是有你，我真不知道该怎么活。是你,时时刻刻守候并帮助我;是你,日日夜夜陪伴并鼓励我。三年来,你总是安慰我,让我以平常心活着。我发脾气时,你包容;我倾诉时,你倾听;我遇困难时,你担忧……身在病魔的手掌心,遇到你是我的福分!"

这是我曾对你说过的话。下面是你温暖的回答:

"我安慰你、鼓励你,让你坚强、乐观地活着,我远程控制你的电脑,帮你排忧解难,我听你诉苦,做这一切都不是为了让你感谢我,只是因为你遇到了我……请你允许我,以同病相怜的名义陪你走一段吧!"

十一点钟,我的第二顿饭。接着是休息两小时,体力不允许我久坐。

下午两点钟,我的第三顿饭。

饭毕,保姆的休息时间就到了,她可以休息三个小时。我由妈妈守着。

下午五点钟,我的第四顿饭。

五点三刻,群里有人发消息说:

"最新消息,科学家发现'神经胶质细胞'可以原位转化运动神经元细胞……这是一种能让你我蹦蹦跳跳的黑科技!"

第七章　暗涌接暗涌　孤独对孤独

我迫不及待找到你,面带笑容,美滋滋地写道:

"太好了!如果康复了,我想去日本看樱花,去撒哈拉沙漠骑骆驼,去阿拉斯加看极光……你陪着我去好吗?"

"当然。我们的精神世界已经融为一体!"

我心想,我活着是为了寻找活着,所以我坚持另一种活着。

有一天,保姆赌马输掉了一个月的工资,而且,她被情人老头以爱的名义骗到了他家,实际上是做了情人兼保姆。于是,我再一次开始了找保姆,在屏幕上一个一个打字找,妈妈会帮助我打电话交流。

活着,一成不变、死气沉沉;只是,我的身体,明天会比今天多一些死亡的背叛者……

杨雨薇的故事说完了,我落下一串眼泪,一半为她,一半为自己。

或许,热闹并不是不孤独,而是更孤独。

第八章

心中有方向
苦难生力量

第八章　心中有方向　苦难生力量

我已经分不清现实世界是虚拟的,还是网络世界是虚拟的了。

多年以前,我常常望着家乡的天空,但怎么也不会想到,多年以后会浮现一片这样的云。

"一个选择一个时空!一个时空一种命运!"我自言自语。

我们都是三维时空的生物。如果把选择看作一种升维,那么结果就一目了然了!四维时空的每个人都有无数职业,它们时时刻刻并行在你的左右。然而,确诊渐冻症,我始终认为与刘慈欣笔下的"降维打击"有类似之处。虽然他们的的确确是三维的形状,但他们却像一张画一样静止不动。这可不就是一个二维时空吗?

然而,一张画中的老虎,你确定它不会思考吗?至少它对着上天长啸不止。

回顾已逝的过去,我的意识一度很清醒,知道自己想走的路，也的确走上了那么一条路，可走着走着，意识就变得迷迷糊糊了，前路也飘飘摇摇，仿佛一条悬空的丝带。于是我开始怀疑，到底是道路摇摇晃晃呢，还是自己摇摇晃晃？忽而，天空电闪雷鸣，人间地动山摇，一道闪电劈开，空气中焦味弥漫。一道深渊横在了我面前，深渊还在变宽，大雨开始滂沱。凝望彼岸，花红柳绿，身影婀娜；回望此岸，潮湿一片，混沌一片。

仿佛一条无声无息、看不见摸不着的绳子拉扯着我，没有尽头地拉扯。如今，我已完全融入网络世界，距离现实世界遥不可及。我的耳畔，频频传来二胡独奏《二泉映月》。我常常感觉二胡孤零零的，仿佛是世界之外的声音。

不过，我确信，很确信，自己还活着。他们也一样，大部分都还活着。

他们所追求的，只是平平淡淡的生活、健健康康的身体。

在微信群，我遇到了很多和我一样的病友。如果把我们这个群体比作一个大花园，那么，花园里百花俱全，红玫瑰、白牡丹、紫茉莉……花园也无关地域，甘肃、湖南、黑龙江……这是一座空中花园，随风摇摇摆摆，时时刻刻有摇摇欲坠之感。

第八章　心中有方向　苦难生力量

进群第二天，就有病友去世。逝者为退伍军人，刚刚过完38岁生日。据说，他的妻子在他患病第二年就与他离婚，带着闺女改嫁他人，留下儿子由爷爷奶奶抚育。他因绝症而身心俱疲、家庭破裂，不禁感叹"生者寄也，死者归也"。

我是最年轻的患者之一，因为没有经历过婚姻生活，所以群友都认为我的看法不够成熟。

群里聊天活跃的人比较少，也许各有各的难处，各有各的顾虑。

钱乐乐是比较活跃的一个。她的病龄超过十年，大学没毕业就得病了。她对爱情最有兴趣。当谈及另一半时，她说对方必须富有，人还不能太丑，必须对她忠诚。她的话让我仿佛回到了那个天真烂漫的大学时代，幻想拥有一个温柔善良、美丽苗条、乖巧听话的妻子。钱乐乐还喜欢让别人发红包，为此还会想出种种计谋。如果计谋失败，她会立马变脸，真像个孩子，想想也很有意思。

病友李思静在患病前是个小学老师。她喜欢在全民K歌发布坚强有力的声音，自己创作的文字或名作无不在她的朗读范围之内。她的一曲《海燕》最是让我印象深刻。

突然有一天，钱乐乐在群里大叫："天塌了！妈妈高血压住院，没人照顾我，我饿一天了！"

李思静问："家里没其他人吗？"

"弟弟在家。只是……唉——"

杨雨薇问："只是怎么啦？"

"弟弟说我拖累这个家，让他连媳妇都找不到……他希望我死！这个家里，除了爸爸妈妈，别人都希望我早点死！"钱乐乐愤愤然。

李思静说："我比你更惨。我爸爸妈妈都觉得我是灾星，他们躲瘟疫一样躲着我。我已经四年没见过他们的面了，幸亏遇到一个好丈夫。否则，真的不如你！"

我说："病久没真心。换位思考，如果让你伺候一个这样的人十多年，你会怎样呢？人在屋檐下，不得不低头。尽量委曲求全吧。"

"我现在只想有钱，好雇个保姆，让爸爸妈妈省省心，让其他人眼不见心不烦。可惜呀，我现在一无所有……"钱乐乐哀叹。

杨雨薇说："有保姆也要家人好才行！如果家人不闻不问，保姆就敢把你活活气死。"

李思静说："保姆不听话，可以不要她呀，多么简单！"

第八章　心中有方向　苦难生力量

杨雨薇叹道："呵呵，我们需要的保姆，要识字，要有眼力见儿，怎么敢轻易辞退？"

钱乐乐沮丧地说："好无奈！"

隔着屏幕，我看不到钱乐乐的表情，但我能想象到她的苦与痛。想想自己，爸爸妈妈百般呵护，弟弟妹妹尽心尽力，叔叔婶婶无微不至。我真的很庆幸！如果有一天，我的家人对我不耐烦了，我也不会怪他们。

我说："我们这种人，失去了剩余价值。无论家人、朋友或者陌生人，那些图谋剩余价值的人，此时肯定会抛弃你。或许，让自己有一些价值，一切都会迎刃而解吧？"

钱乐乐问："我们现在，生命都岌岌可危，能干什么呢？"

"真服了你，大多数病人不能动不能说，呼吸都依靠机器，怎么能有价值？想法不能残疾！"李思静尖酸刻薄地说道，"你真是个人才！上次篡改历史，这次胡咧咧。"

我希望群里聊天的氛围活跃些，所以只要聊天就会开玩笑。有一次与人聊天，我说曹操的铜雀台锁着两位大美人儿呢，不成想这句话惹来了李思静"篡改历史"的大帽子。

杨雨薇说："那些认为你拖累家庭的人，确实是无忧同学说的那种想法！"

我说:"当人失去了同情心,就与非洲大草原的狮群无异!不过也有反例。我见过一个病友,他的家庭极度困难,但妻子不离不弃,照顾他六年多,她宁可自己不吃不喝,也要给他最好的,可他自己不但不知感恩,还天天说妻子不给他补充营养。这种病人让人无法同情。"

李思静说:"比喻不当,狮群对孩子还是很好的,不是吗?"

"当孩子被鬣狗咬断了脊椎呢?狮子妈妈会坚持几天?最终还不是会放弃。"

我对李思静的厌恶达到了顶点。后来我了解到,她还有一个姐姐。她的父母勤勤恳恳地把姐妹俩养大。但是姐姐不愿上学,早早嫁给了庄稼汉,生儿育女,日子过得平平淡淡。李思静不一样,通过刻苦学习,考上了当地一所专科学校,毕业后当上了老师,后又嫁给了一位公务员,过上了让人羡慕的双职工生活。

但李思静在生完第二个小孩时发病了。所以,她始终认为生孩子是发病的诱因。

发病四年后,她老家的房子需要拆迁。因父母膝下无子,她又身患重病,所以所有拆迁款都被她姐姐一人独占。这或许是她说话容易激动且刻薄的原因吧。如果不生病，她会是一个孝敬的女儿、一个好的老师。

忽而，群聊被"节哀"刷屏。我知道，又有病友去世了……

这就是这个群里的日常，有时沉默，有时热闹，有时哀伤。但在这个群里，我遇到了两个人：一个是杨雨薇，一个是郝伟。杨雨薇的软语让我坚定信心，相信活着就有希望，并开启了自己的写作之路；郝伟的英雄举动让我打破成见，相信他能改变我们群体的命运。

杨雨薇是一个改变我生命轨迹的女人。

和她加上好友后，她发给我许多她的照片，生病前的她干净、圆润，甜滋滋、水灵灵，如凝脂、似秋月，一袭粉色连衣裙，妆容精致；生病后的她一如大多数同类，面容枯槁如黄连，瘦骨嶙峋若秃枝，只剩下眼神里的灵气，依然流淌如一江春水。轮椅、呼吸机、咳痰机，那些闲置多余的辅助产品，她都会第一时间送给有困难的病友，而且还频频捐款。她是个心地善良的病友。她并非知识渊博，为人处世却游刃有余。

"修修补补十五年，只为一个'正'字！"

"还能不能说话？"

"说话已成为历史。"

"能不能走路？"

"如果离开伟大的拐棍，就不能走。"

"那你现在什么状态？"

"呼吸、吞咽、咀嚼、打字四件事正常，除此之外，其他都不正常。"

"我在第四年已经用上呼吸机、眼控仪了。你的病情发展好慢哪，怎么保养的？"

"中药调理。脾胃好而不生痰，经络通而寿命久。还能消除一些小的并发症。除此之外，我还相信意志力、好心态、冥想和自我暗示。"

"怎么自我暗示？"

"就是想象自己在往好的方向发展。"

"呵呵，像阿Q那样，自我欺骗？"

"或许和'精神胜利法'有些区别！人人都认为我们的运动神经元只会凋亡，这是你说'像阿Q那样'的唯一原因。但是，它们神秘莫测，科学家都还不完全了解这种细胞，你又怎么确定运动神经元不会往好的方向发展呢？"

第八章　心中有方向　苦难生力量

"确实有一些道理!"三分钟后,她说。

对于我们俩同时发病,我跟她开玩笑说,难道命运当时左手抓着我右手拽着你,生病都得成双成对吗?杨雨薇说,这就是缘分!她还说我与众不同,大多数观点不按套路出牌,但却一针见血。她给我的感觉则是,像个永远挖掘不完的宝藏,还很是舒服与贴心呢。

"你是不是大学生?"

"算是吧。"

"算是吧?"

"大学生哪有残废在家的?我现在都不知道我是什么了,我为什么活着。"

"身体残废不影响你,是吧?我们的思维是正常的。只要记忆不毁灭,你就永远是大学生。记忆让我成为我,记忆让我成为新的我。有人把所见所闻、所思所想都记录了下来,于是他们都得以永生了。我为什么活着?因为这世界拥有那么多美丽和希望,我的身体构造居然能感受到这些东西。"

我很惊讶于杨雨薇的观点,仿佛她就是百丈禅师,而我,就是那个野狐精。

"你的生命很通透,以后还要请姐姐多指教!"

"振作起来！我很欣赏有学识的人。我一直想把这些人的事写成一本书，可惜，才疏学浅，难以如愿。你为什么不试着写一本呢？像史蒂芬·霍金、彼得·斯科特-摩根，或许，你认为他们都是名人，而自己寂寂无闻。我倒觉得，寂寂无闻才更真实，才更具代表性。"

杨雨薇的话，并没有引起我太多的注意，因为我觉得我有比写书更大的价值。

接下来一段时间，她要求我天天给她讲一个故事。但我哪儿有那么多故事呀。我把自己看过的故事说完后，索性就开始编故事。铢积寸累，我的故事越来越像故事。现在想来，她的用心很让我感动。

这一天，我讲的是襄王与神女的故事。在讲的过程中，我感觉得到她的热情。

"好想去重庆神女峰看看哦。"

"如果解冻了，我陪你去。"

我们已经习惯于彼此的陪伴。如果因为停电无法联系，彼此都会度日如年。她害怕突然的停电，尤其是大半夜。说真的，我比她更害怕她那里停电，我怕和她失去联系。因为大多数呼吸出问题的病友，晚上睡觉都像杨雨薇一样没有安全感。

第八章　心中有方向　苦难生力量

"昨晚,我做了一个奇怪的梦。背景是神女峰。你带我来到一片森林,摘了许许多多颜色鲜艳的蘑菇,笑嘻嘻地说这些蘑菇都是为你准备的,我打算一天给你吃一朵。我毫不犹豫就吃了一朵。突然,感觉全身奇痒难当,慢慢地,我发现身上出现了密密麻麻的小红点。你说,日积月累,这些小红点会变成一根根细细长长的丝线,而这些丝线只认识我,只有感触到我,它们才不会让你疼痛。正当此时,一阵寒风把我吹醒了。"我说。

"真想知道,梦里的我是怎么回答你的!"

"如果真的有这种蘑菇,我给你,你会吃吗?"她哈哈大笑道。

"如果你愿意给我吃,我想我会吃的。"

"如果你愿意吃,我想我会给你吃的。"

满心感激襄王与神女的同时,我突然就渴望写那本书了。

我和她一起决定以《重获新生》为书名,写一个渐冻人被迫离开花花世界,后又机缘巧合康复为正常人的故事。那一刻,我的心情就像她给我生了个孩子那样激动。

"康复为正常人?能有什么力量让我们康复为正常人?"她问。

245

"医疗科技。科学家能主宰疾病的存亡。"我说。

"那么,这样的医疗科技在哪儿?"

"确定的是在未来,不确定的是什么技术。我想通过学习,我能给你一个满意的答案。"

为了写小说,也为了给杨雨薇答案,我开始学习,关于肌肉细胞、关于运动神经元细胞、关于人类进化、关于基因突变、关于脑机接口……但凡有关系的文献和最新消息,我都会仔仔细细阅读并加以思考。

此时,群里突然沸腾了起来。原来,有人被一个叫许天来的给欺骗了。

"我和这个许天来打过交道。他说自己懂胃造瘘护理,于是我就请教他,没想到解答完就要红包!开口就是二百块。数目倒是没什么,但他主动要,让人很不舒服。他都像我一样瘫痪在床上了,还不忘记敛财。真让人想不通!"杨雨薇说。

这让我想到了李思静和钱乐乐,她们都是被迫变得让人讨厌的。或许,许天来亦是如此吧?

"或许他生活拮据,权当救济他吧,心里就平衡一些。"

从此,我特别关注起许天来的一举一动来。网络上有许多他写的护理方法,包括呼吸机、眼控仪、吸痰器等的操作方

第八章　心中有方向　苦难生力量

法,还有一些对渐冻症相关并发症的处理措施。但叙述到关键点,往往就含糊不清了。所以,许多读者急需加他,好详细咨询。慢慢地,我还发现他前妻也在群里——她在一家医药零售店上班,通过给病人推销进口药谋生。

"口水多吃什么药?"我帮杨雨薇在群里问。

因为她与人交流依靠眼控仪,我有些同情她,所以,总是等待着帮助她。

问题刚刚发出,许天来就分享了一篇他写的微博文章,上面有详细的药品名称。

我并不理会他,而是赶忙艾特医药代购兼爱心人士贾国胜。

贾国胜的继父是一个渐冻人。为了继父,他改行做了医药代购。继父去世后,他把所有设备都送给了困难病人,也开始了他的慈善事业。

没等贾国胜回复,许天来就说:"这种药只有小奇(他前妻)那里有,我吃着效果特别好。"

我把许天来的信息转给了杨雨薇。但杨雨薇说,她吃过小奇那儿的药,但效果平平,而且价格很高。于是,我对这个小奇有了成见。

有一天，有病友问我："你认识郝伟吗？"

我有些摸不着头脑。

"他是干什么的？"我弱弱地问她。

"他也是个病人，不寻常的病人。他和范吉浩合作，正在铆足了劲儿地攻克渐冻症呢。"

范吉浩我是知道的，他是国内最权威的渐冻症确诊大夫。但是郝伟这个名字，我却是第一次听说。我心想，他有什么能力，竟放言要攻克渐冻症？九成九不靠谱！

"郝伟建了许多群，你想进去吗？我拉你。"病友又说。

"谢谢你！我还是等等再说吧。"我不冷不热地说道。

以往的无所事事，已一去不复返，我开始了忙忙碌碌地写起了小说。

我写小说，几乎从零开始。直到拜读完海明威的《世界之都》等作品，才知道小说三个聚焦的存在。此时我已经写了一年多，洋洋洒洒十多万字，从某种程度上说是写完了这部小说。我忽然觉得自己写的小说像记流水账，不伦不类。我开始怀疑自己的写作能力。

我把我的困惑说给了杨雨薇。

"你认为海明威天生就会写小说吗？如果你真的这么认

为，那我支持你放弃。把你这一年多写的文字统统都打印出来，看看有多厚，然后让你妈妈划一根火柴，把你认为的这些垃圾都点着，让一切都化为灰烬吧。"杨雨薇说。

此时，偏偏又传来一个交好的病友离世的噩耗。

"活着得始终保持微笑。人世间是那么美好——这里有我的儿子、我的父母、我的兄弟姐妹，就算被渐冻症拥抱着，我也依然深爱着这个人世间。"

回想起这位病友说过的这番话，我泪流不止。

他还年轻，发病刚刚两年，还能自己吃饭。就是因为太要强，非得自己拿桌上那颗苹果，不小心脑袋着地，摔得大脑出血。

挫败感让我忧心忡忡，死亡的阴影让我惴惴不安。

逐渐地，我意识到：挫败感不值一提，成功者都有不放弃的决心。

于是，我开始疯狂地阅读，譬如：许仲琳的《封神演义》，雨果的《巴黎圣母院》，王实甫的《西厢记》，海明威的《老人与海》《乞力马扎罗的雪》，卡夫卡的《变形记》，莫言的《枯河》《透明的红萝卜》《白狗秋千架》，屠格涅夫的《阿霞》《木木》，史铁生的《命若琴弦》，川端康成的《雪国》《山之音》……

虽然读了很多书，但我还是没有思路，只是现在我不会再一蹶不振，我想坚持写下去，因为一蹶不振也得活着！

这一天，一个名为"第二次冰桶挑战"的慈善赛刷屏了所有微信群。发起"第二次冰桶挑战"慈善赛的人正是郝伟。我为起初不信任他的所言所行惭愧不已。

早在2014年，美国波士顿学院前棒球选手就发起了"冰桶挑战"慈善赛，当时，包括比尔·盖茨在内的名人都接受了挑战。但七年已过，科学家利用所募集的资金获得了一些研究突破，但对于渐冻人群体，这仍是杯水车薪。

于是，郝伟发起了"第二次冰桶挑战"慈善赛，目的是整合科研资源，让渐冻人群体有药可医。这真是一个伟大的想法。

郝伟曾叱咤风云于互联网行业，所以我相信，他一定看到了成功的星星之火，否则，怎么敢拿自己的身家背水一战？

郝伟的眼神坚定如磐石。他眼神里的那种坚定，足以使所有妖魔鬼怪都避道而行。

郝伟为这个群体毫无保留。他的苦心孤诣，我看在眼里感动在心里。我彻彻底底地相信他了，并打算死心塌地追随他，虽然他不认识我。王阳明说，等风来不如追风去。他是英勇的"追风人"和大多数人"活着"的理由。

我第一时间找到要拉我进群的病友，向她赔礼道歉并请求她拉我进群。

此时，郝伟已经组建了十二个微信群，目的是给投资人看看我们这个群体的数量，好让他们投资药物研发。

郝伟在我心里是神一样的存在。

"郝总，请问渐冻症的治疗方面，有新的发现吗？"这是进群第一天我问郝伟的问题。

顿时，群里鸦雀无声，所有人都等待着。

以下是精简版的郝伟的回答：

2017年9月，美国华盛顿大学医学院研究人员成功将取自健康成人的皮肤细胞直接转化成了运动神经元。值得一提的是，过程中并没有经过干细胞培养等步骤。

2020年2月，美国伊利诺伊大学研究人员开发出一种新的CRISPR基因编辑方法，能够使一种导致遗传性渐冻症的突变基因永久性失活。

2021年2月，美国西北大学化学教授Silverman发现一种名为 NU-9 的化合物，能够减少关键细胞系中的蛋白质错误折叠，从而逆转上运动神经元病。

2022 年 7 月，人工智能药物研发公司英矽智能、美国约翰斯·霍普金斯大学医学院、哈佛大学附属马萨诸塞综合医院、清华大学等机构合作，利用名为"PandaOmics"的人工智能生物靶点发现十八个靶点可减缓渐冻症症状。

2022 年 9 月，美国西达赛奈医学中心研究人员开发出一种干细胞基因联合疗法，可潜在地保护渐冻症患者脊髓中的患病运动神经元。

2022 年 11 月，维智基因公司发现 VRG50635 是一款强力 PIKfyve 抑制剂，能够恢复渐冻症患者神经元的溶酶体功能。

除此之外，还有许多治愈性的手段，只是大多数乃商业机密。譬如，脑机接口、干细胞移植，还有陈功教授和戴建武教授的神经再生技术。当然，还有许许多多不为人知的公司和技术。

当然，政策方面也有一些好消息。

2022 年 9 月，美国 FDA 和 NIH 宣布，将推出名为

第八章　心中有方向　苦难生力量

"罕见神经退行性疾病关键路径"的公私合作伙伴关系，这一合作伙伴关系将从各个领域召集罕见神经退行性疾病专家，包括患者群体、倡导者组织以及私营公司等。

2022年10月，FDA生物制品评价与研究中心最终敲定了《人体神经退行性疾病基因治疗指南》，旨在为开发针对成人和儿童神经退行性疾病患者基因治疗的制药商提供建议和指导。

以上内容，就是我们希望的基础。我希望大家都好好活着，人类历史不会抛弃我们。

在我心目中，每一个患者都是一朵花儿，世界上没有完完全全相同的两朵花儿。

有人能说话，有人是哑巴，有人肌肉疼痛，有人身体发麻，有人上肢病情发展迅速，有人下肢病情进展急迫，有人痰液如涌，有人口水如注……千奇百怪，各有侧重。不过，结局却一样，都是变成一棵树。人体六百三十九块肌肉的控制运动神经元死亡顺序是原因。

但要找到真正的病因，不但需要时间，还需要大量的人力物力，最重要的是研发资金。

郝伟搭上了大半身家，但还是杯水车薪。

无奈，大多数病友提议自己捐款救自己。郝伟犹犹豫豫答应了，并以一百万元做表率。

此时此刻，我更加感恩郝伟了。他以趔趄的脚步东奔西跑，就为了让这个群体活着。

"他们还活着！有脉搏、能眨眼、会呼吸……"郝伟自言自语。

这个中年男子，确诊疾病后悲伤消沉过一段时间，但他很快意识到：人在命运之上。很快，他心里闯进了一群人。自从情系万姓，他一夜之间白了头。任何一个病友的离去，都会让他心如刀绞。

"我誓与渐冻症死磕到底，否则，我会将身体捐献，让科学家研究，造福后世……"郝伟立下"军令状"。他继续道："当然，我有信心，渐冻症的终结就差临门一脚！"

每天清晨一睁眼，郝伟望着天花板，心想，病人又没了好几个！

他艰难地一翻身，两手撑起沉重的身体，双腿仔细跪在床上，然后身子向前一倾，右手撑上褐色的床头桌，左腿缓缓跨下床，待稳稳坐好了身体，才敢伸手拿妻子昨晚事先放在沙发上的衣裤，穿上……他已经不能系纽扣了，必须喊正在厨房忙碌的妻子。

颤颤巍巍，偶尔还需要扶一下墙壁——他总觉得墙壁的引力过大，其实是自己的小脑无法平衡重量。来到餐桌前，他拿勺子塞几口黑米粥，吃一大口油条；妻子把剥好的鸡蛋送到他嘴边；吃一口，他忽然就涌出了泪水。想到自己已经不能剥鸡蛋，幸亏有贤妻。

妻子先送他出门，待他稳稳坐上车，再回家送儿子去学校。自己现在还能勉强开车，相信很快，双手就没有开车的力气了。一切稀松平常的事，慢慢都会成为困难，这都是拜这该死的渐冻症所赐！郝伟心想。

缓缓泊车在公司门口，先打电话给助手。只有助手搀扶着，他才敢走路。郝伟雇佣的助手，是医学硕士，身材魁梧，虽然他刚毕业、一穷二白，却让郝伟羡慕不已。

郝伟看一眼动物实验数据，心头一喜，觉得自己的努力是值得的。

"最新消息，FDA已经批准AMX0035治疗渐冻症！该药由苯丁酸钠、牛磺酸二醇两种药物复合而成，可以改善细胞内线粒体、内质网的健康状态，从而延缓疾病。"助手说。

"不错！至少可以让病人有更多的时间等待！"郝伟嗓音

沙哑地说道,"我们的病人……需要逆转!"

郝伟说话的声音越来越低沉和沙哑,仿佛有一只大手捂着他的嘴巴。

郝伟企图翻桌上的文件,但手指头颤颤兮兮,根本翻不动。他的一双手,手指头始终弯曲如鹰爪,如果伸直,就会颤抖不已。如果你仔细看,他的手背还有一道道凹陷,大鱼肌、小鱼肌已经干瘪了。最终,他只能用无名指关节笨拙地翻文件。

病症由远端开始,慢慢会像蚂蚁一样爬上你的胳膊、肩膀、整个身体……

郝伟每天坚持工作,或读文献资料,或回答病友问题,或科普渐冻症,或东奔西跑搞融资,或与国外科学家对接工作,或在实验室……每一天,他都铆足了全身力气。他的眼神总能让人噙起泪花。

晚上十一点,回到家,他在妻子的帮助下洗去一天的汗臭味儿。

不成想,美国那边却偏偏打来一个电话……时钟已经指向了午夜两点。

窗外,霓虹灯迷离模糊,仿佛疲倦的一双眼,昏暗的街角寒气弥漫，阴森森的有些吓人。默默躺上床，妻子眼神迷离地望他一眼，闭上眼睛的那一瞬间，一颗泪珠儿滚落……黑夜怎么能感受得到眼泪的悲与喜呢？

闭上眼之前，郝伟心想，病人又会少好几个。

不到三分钟，郝伟就鼾声如雷。

妻子听着熟悉的声音，起身给他掖了掖被子，又去儿子的屋里看了看。

这来回折腾，她的睡意全无了。她默默坐在黑暗里，一个人默默落泪。

妻子落泪的同时，郝伟却在笑。他做着一个梦：鸟巢内，坐着二十万渐冻人，他们都被自己的努力成果所拯救，又变成一个个活蹦乱跳的健康人了。妻子在身边笑容可掬，儿子在身边俏皮可爱，甚至，身在老家的父母也在身边微笑地看着自己呢。所有患者都送给自己一束鲜花。妻子偷偷告诉他：你啊，虽然散尽了家财，却得到了一世界的鲜花。

梦醒了！妻子那熟悉的身影在厨房忙碌着……

郝伟是我们这个群体的英雄。但是我的笔墨写不出这位英雄的伟大。于是，我只有更加拼命地学习。

"其实啊，我想要的很简单，只是平平凡凡加上一个正常——旅游、吃火锅、尽孝道、带孩子散步……就像从前那样子。当然，或许还渴望着一幕花前月下！"杨雨薇说。

"郝伟会让我们拥有这些的。"我斩钉截铁地说道。

新一天的奔波，又开始了！

"我已经投资了十多个研发项目，已经有一种药在等待审批，试验效果比市场上任何一种药都要好……"郝伟说。

所有病人和家属无不感恩戴德。

郝伟的事迹感动了无数人，还被《央视新闻》做成了纪录片，永载渐冻症的史册。

"郝总辛苦了！"杨雨薇说，"您的身体是我们希望的一部分，您千万要保重身体！"

杨雨薇这句话引起共鸣，被群友接连转发，一时间刷屏。

唯独李思静、钱乐乐等几个正在聊天的人表现冷漠，无视郝伟，也无视杨雨薇，只是聊她们昨晚网络直播的心得。

这不禁让我想起了申凯。

申凯这个人，得从我进到一个写作群开始说起。在那个群里，我记住了一个病人、一个健康人，还有一个慈善机构。病人名叫申凯，一个年近花甲的老头，坚定不移地反对郝伟。健

第八章　心中有方向　苦难生力量

康人是个志愿者，名叫张梅，是一位不拘小节、美丽温厚的姐姐。慈善机构名叫映山红，专门为帮助渐冻人而设立，接受好心人的捐款或捐物，然后帮助需要帮助的病人。

张梅让很多病人觉得活着有安全感，只要病人有困难、有需要，她从来都无私地给予帮助。当她得知我已患病七年时，就问我现在需不需要呼吸机。当我说不需要，打算永远拒绝呼吸机时，她苦口婆心劝我，并且说如果有需要，就告诉她，她会尽一切可能帮助我的。她的话，让我心里很踏实，暖暖的。申凯和张梅都是映山红的人。

"渐冻症，一旦得上，神仙也难救你！一个小小的郝伟能怎么样？自不量力，螳臂当车，蚍蜉撼树，狂犬吠日……到头来肯定竹篮打水，咱们骑驴看唱本。"申凯说。

"我说过，人比神厉害。神仙只是人创造的理想，归根结底还是人厉害。"我说。

"这里都是晚期，延缓药有用吗？就算停止病情发展的药，也只能对他有意义。他这种人怎么可能会顾及晚期病人呢，自私自利。还号召病人捐款，真是道德败坏。"申凯怒道，"还是人家医药公司靠谱，那什么0035的药，有要求病人捐款吗？"

"说得好！郝伟是什么东西？科学家，还是权威医生？"许天来突然冒出一句，"我最近研究了一下 AMX0035 这种药，我们完全可以买两种药搭配吃。无独有偶，一位权威医生也认为可以买苯丁酸钠、牛磺酸二醇两种老药，按照比例搭配吃。"

此时此刻的许天来，肯定满脸不可一世的表情。

当得知许天来与其前妻合伙诱骗病友时，我撕破了他多年以来精心打造的面具，在心里用最恶毒的语言咒骂他。但当我看到一段关于他的老母亲把食物混合打成糊糊状，然后打进他胃里的视频时，忽然就原谅了他的所作所为。

申凯、许天来等人，只认为给自己呼吸机、眼控仪、护理知识……是唯一的好。

他们到底为什么活着？或者说他们活着的希望是什么？

"一个病友又走了！永远地离开了我们、离开了你深爱的人世间。你说过，不想气切；你走的时候，比大多数活着的我们的状态都好。究竟是什么，让你认为死去比活着更好？我敬佩你的勇气，你也让我想到了懦弱；既然有勇气死，为什么懦弱到不敢活？我很后悔，没有好好开导你！"一个病友写道。

这让我想起一个女病人，她的丈夫天天给她灌输一种观念：这是绝症！过去、现在以及未来，都不可能有药。那些所谓的科学家，天天研究，有一个成功的吗？不要异想天开。

结果，他的妻子不到两年就离开了。

大多数病友的离开，源于无知，以及无知的副作用——没有希望！

希望之于活着，犹如眼睛之于走路！史铁生的《命若琴弦》里，老瞎子为什么修改琴弦数目？小瞎子永远不会理解老瞎子的苦心，除非他自己变成一个老瞎子。

我怕杨雨薇看到病友离开的消息，便远程控制她的电脑，清除消息、退出悲观情绪弥漫的群聊。可她却认为我是不自信、怀疑她。

她曾说：我一旦得知病友离开的消息，晚上就失眠，去世病友的样子会在我的脑海一遍一遍浮现，无法控制……

没想到，在我心目中一向通透的她，也有脆弱的一面。

其实我自己，何尝不是与她一样呢？

我常常处在惊恐状态：朋友的一个哈欠，亲戚走路时不小心跌一跤，甚至陌生人的一句语义模糊的话语……我都会联想到渐冻症。

盛夏季节，酷热如刀。

阵雨过后,黄蝴蝶在院子里盘旋,仿似一朵菊花在飞翔。蜜蜂也来凑热闹,嗡嗡嗡地扇着风,宛若飞翔中的小小的电风扇。

母亲见我嘴角有微笑,就想让我看看外面的世界了。

父亲抬轮椅,堂弟取坐垫,母亲神情紧张地扶我出门。

人活着就是一根数轴,健康的体魄是活着的绝对值,只要你安安分分在数轴上繁衍生息,就总是一个正的数字;确诊渐冻症,就是去掉这个绝对值,命运还给你加个负号,于是,生命就失去了平衡,人活着就变成一个趋于无穷大的负值。

我每次出门,几乎都是下午三点。出门之前,我有我的忙碌,或读小说,或写小说,或看新闻……我认为忙碌好处多多,最明显的就是能转移视线,转移视线便能忘记自己,忘记自己正是我好心态的来源。

下午三点以前的风景,我只能借助母亲这双眼睛,她会孩子般地把自己的所见所闻都说给我听。

家门口的一角天空,只要有任何一丝细微的变化,我都能察觉得到。如果拿一天时间对应四季,那么日出是春分,日正是夏至,日斜是秋分,日落是冬至。如果以声音对应四季,那么春天就是悠悠槐花香里的蜜蜂轰鸣,空气清新里的百鸟合奏;

第八章　心中有方向　苦难生力量

夏天就是绿油油深处的蚂蚱合唱，金灿灿之中男人的憨笑；秋天就是漫山遍野的枯草里的野鸡咯咯，和着高远天空里的飞雁嘎嘎；冬天就是皑皑积雪下的杨树猛然咔嚓，暖阳高照时成群结队的麻雀叽叽喳喳。我的梦想也有区别，春天是花朵上的幽香，夏天是幽香里的蝴蝶，秋天是蝴蝶翅膀上的自由，冬天是自由变成的麻雀。

我坐在童年时代的小山丘，俯瞰着我曾离开又返回的村落。

天空依旧是那片天空，世界依旧是那个世界；天空已不是那片天空，世界已不是那个世界。

脚下的野花五颜六色，蜜蜂敲锣打鼓地庆祝大丰收；目下的树林苍翠欲滴，黄腹山雀欢歌妙舞，沉浸于天伦之乐。北山脚下的那片草地，我曾与玩伴奔跑嬉戏，常常为一只黄马蜂争得面红耳赤。搂着白云的北山巅，有一条路，我曾沿着那条路走出过村庄，认为再也不会长时间住在这里了。没想到的是，几年前，我再一次回到了她的怀抱，永远地回到了她的怀抱，就像一颗被针扎过的苹果，被一只手扔向大地的怀抱。

"阿姨，来休息一会儿，杏核永远捡不完！"母亲突然高嗓门喊道。

不一会儿,邻家阿婆就坐在了距离我丈余的地方,与母亲开始拉家常。

我毫无察觉她们的话题,听到时,她们已经把话题聚焦在了我身上。

"吆,你看那双手,瘦得跟麻花儿一样,让人心疼!"邻家阿婆说。

母亲顿时泪眼婆娑,心疼地开始揉搓我的双手。那一双龟裂的手,与我的手的颜色泾渭分明,她仿佛想把它们揉搓得肥嘟嘟。

"谁说不是呢。这样一双手,怎么能有力气呀?幸亏这孩子倔强,硬撑着,换别人啊,老早就躺床上了!"母亲说罢,抹一把眼泪。

"老天爷不开眼!说句不好听的,就算不好的让他爷爷奶奶全带走了,让这孩子健健康康的,事情就顺了。"阿婆说。

"别说他爷爷奶奶,就是我和他爸……都行啊!"母亲无奈道。

"你俩可不行,总得有人给孩子带娃娃不是……"阿婆说,"我记得娃娃去北京前还能自己走路,那个见人就笑嘻嘻的小模样儿啊,可真是可人心!自打你们从北京回来,娃娃就倒缩

第八章　心中有方向　苦难生力量

了，是不是……在北京时发生了啥？"

"阿姨您不知道，当时他的病正发展呢！"母亲目光呆滞，"大冬天的，穿一件薄棉衣顺着这条路锻炼身体……"母亲边说边扭头指指身后的路："回来就把棉衣给湿透了！您说，哪儿有大冬天汗湿了棉衣的？"母亲抹一把眼泪："那个时候啊，他的身体已经虚得……虚得不成样子了！您说，我怎么就没发现呢？我真是个傻子！"

"不是开颅手术已经做了吗，那时候？娃娃可真是遭了罪了！"

"不是一种病！"母亲说，"开颅手术是蛛网膜囊肿，现在是神经……开颅手术后，医生就说他可能还有别的问题。核磁发现大脑两边有两个黑点。我当时就怀疑的，果不其然……"母亲抹一把眼泪："其实他的这种病，早就有症状了！他带女朋友去密云看我们，我就发现，他说话不清楚，当时我只以为他是普通话说得不好，没想到越来越严重！我就让他去附近医院看看。医生说是抑郁症。可哪是什么抑郁症呀？后来他自己扛不住了，说要回家调理调理，我也没放在心上。直到他奶奶打电话，说娃娃眼神都不正常，让人瘆得慌，我才让他爸回家带他去医院。当时，眼看就要过年了，就马马虎虎检查了一下，结果查出个蛛网膜囊肿来。年后做了手术，可还是不见好，就又去了北京……查出了这种病。我说无论花多少钱我都会给他治，医生连连摇头说，这不是钱的问题。我当时就落了……"母亲继续道："从北京回来，他已经站都站不住了！"停顿一会儿，她又说："老天瞎了眼啊！在北京住院，他们不让家属进，吃是一顿，不吃也是一顿，他怎么受得了？！别人都说我们没给他治，怎么可能呀？我就是搭上自己的命，也得给他治啊！他奶奶就是被他不能走路吓死的……"

"他奶奶是个大好人！喝药前一天，都还和我说了一下午的话……"

母亲与阿婆的聊天，让我的思绪翻江倒海。

夕阳下，父亲赶着羊群归来，皮肤黑得跟茄子一个样，他笑眯眯地盯着我说："赶快回家！你身子虚，小心感冒。"母亲并没有理会他，只是唠叨起了日子。脚畔，羊群活蹦乱跳，那只最小的羔羊，跪在妈妈肚子底下，贪婪地吮吸着。

我忽然觉得，母亲如果多识一些字，肯定能写小说。

现实世界才是虚拟的！虚得就像梦一样。

第九章

科技造扁舟
渡我去彼岸

第九章　科技造扁舟　渡我去彼岸

2029 年 2 月 14 日，长沙某街头。

骄阳是一位健壮的汉子，天空里数他最为霸道。

繁华街头，人群熙熙攘攘。

我走在热闹的大街上，抱着我可爱的孩子，寻觅着一束最灿烂的玫瑰花——我要把它送给我最深爱的妻子。这是我重获新生后对她的承诺，我必须兑现。

孩子在怀里东张西望，对这个世界充满了好奇。

"爸爸，你为什么要送妈妈玫瑰花？"

"因为妈妈是爸爸的妻子，爸爸深爱着妈妈。"

"那你为什么不送我玫瑰花，是不是不爱我？"

"我当然爱你！等你长大了我就送你好不好？"我边回答边搜索大街。

听罢我的回答，女儿一脸的不情愿。

"你要不要也送件礼物给妈妈？"

"她是你老婆,又不是我老婆,我才不送呢。"

"你不想让妈妈笑吗?"

女儿奶声奶气地说:"要,我要送妈妈一个吻。"

我送独孤爱玫瑰花,已有六个年头。沈雨爱是我和她的女儿,她已经过了三个生日了。

独孤爱是一个孝顺的儿媳,也是一个贤惠的妻子,更是一个温柔的母亲。我正在努力做一个孝顺的女婿,做一个温柔的丈夫,做一个严厉的父亲。

我的前半生,真可谓:时来天地皆同力,运去英雄不自由。

当然,我不是英雄,我只是想说英雄尚且不自由,何况芸芸众生乎?

人之一生,苦难来时毫无征兆,去时猝不及防。

回首二十多年,我从拥有到失去,从失去到再拥有,生命经历了一个离奇的波折。

三年前的桃花灿烂枝头时,我又变成了一个正常人。这一切的一切,归功于医学技术的突破。在郝伟和一位了不起的科学家的不懈努力下,他们终于研制出了一种新型药物,可以彻底治愈运动神经元病。这种药解救了我们这个群体。幸亏我坚

第九章　科技造扁舟　渡我去彼岸

持活着!

科学家就像一位摆渡人，驾着建造的扁舟，带我们渡过人生的那一片海。

海的那一头，百花争艳，姹紫嫣红。

误入百花深处的我，迈一段轻快的舞步，很开心地迷了路。

虽然迷路，但我并不慌张。因为我有一颗风一样自由的心。

解冻那一天，我把生日改成了当天。因为那一天，我重获新生。

昔日，风花雪月曾离我而去，我陷入绝望的深渊，我做好了死亡的准备；如今，滚滚红尘再次朝我挥手，我站在春日的田野，播下了希望的种子。

重获新生时，我发誓余生加倍孝敬父母，他们是我能等到"战胜命运"的原动力。若没有他们的悉心照料，我等不到这一天。

春风送笑颜，人间换新天。

一个月前，一则新闻报道让我心花怒放。

标题赫然写着:"今天,若是霍金还活着,那他完全可以康复正常了!"

这二十个大字,于我不亚于十级地震。我迫不及待地点开一看,内容一如标题所述——有一位科学家,完完全全终结了运动神经元病!

我欣喜若狂,急切呼来母亲。

"我……我……我的病,可……可以……可以治啦!"我含混不清地道。

母亲面露为难之色,弱弱地问:"我没听清……你说的是什么?"母亲还是一脸茫然。我赶忙重复一句:"北……北京,有一家医院,能……能治我的病啦!"母亲若有所思,良久,猜测道:"你是说……你的病可以治了吗?"我开心地点了点头。她不相信地看着我。

"你说的是真的吗?不要瞎哄我开心!"

自我得病以来,母亲天天愁眉苦脸,所以我曾"欺骗"过她无数次。现如今,她竟有些喊"狼来了"的感觉。我再次微笑着点了点头。母亲看我一脸诚恳又激动的样子,感觉不像在骗她,瞬间热泪盈眶。她急急慌慌地给父亲打电话,叫来了正在放羊的父亲。

第九章　科技造扁舟　渡我去彼岸

母亲欣喜万分地说道:"孩子说他的病现在可以治啦!你现在就打听一下,我们立刻去医院给他治。"

"你说……什么?"父亲表情木讷地问道。

母亲微笑着耐心重复:"我说孩子的病可以治啦!你现在就打听打听。"

母亲的话仿佛一杯酒,父亲先是抿了一口,很平淡,待酒水漫过舌头、滑过喉咙,在苦涩中品到了一丝甘甜,他的面容先由木讷转成略带微笑,再由略带微笑转变成喜上眉梢。最终,他喜不自胜地道:"你把那条新闻转发给我,我琢磨琢磨……"

父亲仔仔细细地看着新闻,面色如迎着春风的月季花,越开越灿烂。

按照新闻内容,父亲锁定了北京一家知名的三甲医院。父亲又上他们的官方网站查得一个电话。看看时间,已是下午四点钟。他一边自言自语"他们是不是已经下班了",一边拨通了电话。听着电话里"嘟——嘟——"的接线声,我内心说不出是什么感觉,似乎是担忧,又或者是恐惧,那种感觉好比当初被确诊时的如梦似幻,似乎又有着天壤之别。等待电话接通的十余秒,对于我,像是越过了万水千山。

273

"请问贵院现在可以治疗运动神经元病吗？"父亲开门见山道。

我一颗心跳到了嗓子眼儿，紧张，紧张……

那头一个黄莺一样的声音道："可以的，我院是有一种运动神经元病的新疗法，而且，已经有病人在接受治疗了。"话务员的回答有如兴奋剂，让父亲高兴得几乎跳了起来。他情绪激动地说道："太感谢你了！我们这就动身……来北京，到贵院接受治疗。"

我这身在无垠沙漠精疲力竭的绝望者，首次见到青山绿水的喜悦溢于言表。

"若是你能恢复以前的健康，我一定大摆筵席好好庆祝一番。"母亲满面笑容地说道。

父亲接过话茬："大摆筵席算什么，我们要庆祝它个七天八夜。那可是一等一的大喜事！"

父母的对话，让我的鼻子一酸，我仿佛回到了开颅手术前。

我的思绪，早已纵横于五湖四海——我要飞上碧澄澄的九天，揽一弯明月；我还要下到暗幽幽的五洋，捉一只大鳖。

神州大地，沙沙春雨温柔了河山，小草顽强地探出头。小

第九章　科技造扁舟　渡我去彼岸

草必将开始疯狂生长,这是铁一般的事实。种子,仿佛已坚强勇敢了一世纪、苦苦酝酿了一千年。

内外同一个世界,内外同一个未来。

雇得一辆私家车,我们踏上了去往北京的路。

坐小轿车去北京,我是头一遭,父母也一样。

飞驰的小轿车,驶出甘肃、走过陕西、跨过山西、穿过河北,终于到达了目的地。里程超过一千五百公里,耗时逾十八小时。

呼吸一口北京的空气,沧桑之感油然而生——曾经,我以为自己再也无法呼吸到北京的空气了,不成想,造化又给了我一次机会。

昔日运去愁满面,今朝时来喜上眉。宿命獠牙魔鬼龇,造化慈悲神佛秀。

我忽然意识到,人之一生,计划显得故步自封了,唯有变化,才是硬道理。计划只是基于现在和过去的思维定式,变化才是明天唯一的不变。我计划好的死亡之路,现已被变化掩埋在了年月深渊里。

春暖花开的日子,一片绿叶一片自由,一朵野花一片希望,路边有无数的绿叶和无数的野花。那一束光荡漾在我的心头。熙熙攘攘的人群也都变得可爱可亲了。我行走在温柔的阳光下,对遇见的每一位陌生人,都会示以微笑。

"坐好,我们要进去啦!"母亲提醒道。

母亲推着我来到医院大厅。在工作人员的指导下,父亲顺利挂到一个号。运动神经元病的治疗是该院的新业务,加之第一次入院只需取些细胞,故挂号相对容易。

穿梭在熙熙攘攘的人群中,这次我并没有低头掩面,而是笑容满面地朝着前方。

进得医生办公室。

"家属止步!病人交给我们就好。"助理医生提醒道。

说话间,两位护士便到了我面前,其中一位走到我身后替代了母亲,另一位则将一件蓝色制服披在我肩头,并给我戴上口罩和头罩。乍一看,我俨然一位坐在轮椅上的医生!两位护士推我穿过一道金属自动门,来到隔壁房间。那是一间常年开着日光灯的采样室。隔一堵玻璃墙,可以清清楚楚地看到另一个房间的实验台上,摆着许许多多大大小小的瓶瓶罐罐,有的装着或无色或淡黄色的液体,有的则装着浑浊如胶水的液体,旁边还放着几台显微镜……我不由自主地想起了学生时代的生

第九章 科技造扁舟 渡我去彼岸

化实验室。

正当我观察得入神,医生端来一盘工具,目测包括刀子、镊子、玻璃杯,还有几个不知名的物品。不等我反应过来,护士便解开了我的上衣;不等我准备,医生便在我的肩头忙碌起来了。我的心开始扑通扑通乱跳,我惧怕难以忍受的疼痛。约莫十分钟,护士便给我穿好了衣服。其间,我只感觉到一阵冰凉,并无想象中的疼痛。

出了采样室,父母微笑相迎。

"你们可以回家了。保持电话畅通,到时我会打电话。"医生说。

全程微笑的父亲说:"太好了!我们这就回家,等您的好消息。"他指一下我,继续道:"要是他能康复,我必定重谢您的再生之恩!"父亲的话,字字掏心掏肺。医生却浅浅一笑,道:"救死扶伤是我的职责。"说罢,便转身离去,宛如一阵清风。

医院的大门外,处处是春色,处处燕舞莺歌。

父亲笑嘻嘻地说道:"两个月的时间太久,待在北京不划算,我们还是先回家吧。"

母亲点点头表示同意。

我说:"肯……肯定,先回家。"我感觉说话都顺畅了一些。

回家路上,父亲跟着车载音乐,喊着他喜欢的秦腔。母亲兴致颇高,唠叨着沿途看到的风景,感叹着这些年的日子。往日的父亲母亲,总为了一些鸡毛蒜皮的小事而争论不休。但今日的他们,似乎变了两个人,说话和颜悦色,总能说到一起。

征得司机的同意后,我们便顺道去往太原。

早就耳闻晋祠有三绝:周柏唐槐、宋彩塑、难老泉。我脑海中不禁浮现李太白大笔挥洒"时时出向城西曲,晋祠流水如碧玉。浮舟弄水箫鼓鸣,微波龙鳞莎草绿"的场景。

公园里头,繁花灿烂,引着轻蝶重蜂;青山开怀,恋着日月星辰。平湖上飘着几朵舒云,绿荫里传来几声鹊鸣。一切似乎都在情理之中,一切似乎又在情理之外。

那一棵棵屹立的树木,就是一个个威风凛凛的士兵,义无反顾地捍卫着花花草草的尊严。

"这里的风景很漂亮!你给我和孩子拍张合照吧。"母亲温柔地说。

八九年来,这是母亲第一次主动要求拍照。

我虽有点吃惊,却也有说不出的欢喜。

前路漫漫,前路弯弯。

第九章　科技造扁舟　渡我去彼岸

行走在岁月深渊，我找回了迷失的自我。

一棵形容枯槁、满身树洞的柏树，仿佛一位身披铠甲的威风凛凛的将军。我隐隐约约觉得它与周柏有些联系，便心生感叹。刚要经过，一个低沉浑厚、力量十足的声音拦住了我的去路。

"我亲爱的朋友，你坐在轮椅上的状态……让人心疼！但你的笑容，为什么那么灿烂？"

"你是谁？为什么这么问？"

"我也不知道我是谁，因为我的每时每刻，都是不一样的我。当然，我是谁并不重要，重要的是我好奇，我能与你的灵魂对话……"

"很简单，因为我心怀希望，希望是一对翅膀，给人以翱翔的力量，飞过苦难的大海，飞过悲伤的高山，飞过煎熬的密林，飞过绝望的沙漠……心怀希望，人能变得像神一样强大；心怀希望的人，就是自己的神。"

"我亲爱的朋友，那你的希望来源在哪儿？"

"我先问你一个问题：你见过的人都怎么记录你？"

"前两千多年里，人们给我画像记录；百余年前，人们拿胶片相机拍照；几十年前，有了数码相机；十几年前，人手一部智能手机……你问这个干吗？"

"这就是人类科技发展的一个缩影。我亲爱的朋友，几百年来，人类的科技时时刻刻在积攒着。现如今，已经到了任何难题都能轻而易举被解决的程度。我的希望，就来源于医疗科技创造的奇迹。"

"你们人类有智慧，确实是造物主的孪生兄弟！"

回乡等待的日子里，我仿佛变了一个人：昔日足不出户，如今日日外出；昔日自卑无尽，如今自信满满；昔日拒绝见人，如今逢人必问好。昔日，我的眼神是灰色的，里面含着重重迷雾，看什么都是灰色的、死气沉沉的；如今，我的眼神是充满好奇且明亮的。

神经系统，乃造物主最得意之作品，它是鬼斧神工般的存在。我一度认为，任凭科技如何突飞猛进，人类永远不可能成为造物主；但随着科技的不断进步，我改变了这个看法——通过科技，人类可以无限接近地模仿造物主之作品。比如通过医疗科技，人类已经造出人体骨骼、心脏，亦能以皮肤细胞培养出运动神经元细胞。

神经元结构，乃神经系统之精妙所在，广泛存在于大脑、

第九章　科技造扁舟　渡我去彼岸

脊髓和神经节中。作为人体机能单位，它由树突、胞体和轴突组成，常见形态有星形、锥体和圆球状等。树突状似分权的树枝，可接受其他细胞的输入。胞体与大多数普通细胞一样，内部有细胞核和维持细胞生命的细胞器。轴突由胞体延伸而出，被髓鞘所包裹，以便与其他细胞的信息流绝缘。一个神经元结构，可以有一个或多个树突，接受刺激并将兴奋传入胞体，但只能有一个轴突，将兴奋从胞体传送到另一个神经元、肌肉或是腺体。运动神经元负责将脊髓和大脑发出的信息传达到肌肉、内分泌腺和支配效应器官，能驱动人体肌肉组织的收缩。这正是运动神经元病能导致肌肉萎缩、虚弱无力的原因。

如果说人体是一台精密的计算机，那么，神经元结构就是它的CPU控制总线连接，其重要性也就一目了然了。几百年来，人类始终无法攻克运动神经元病，便是这个原因。但几代科学家通过几百年接力赛式的不懈努力，最终还是模仿出了这种鬼斧神工的细胞——培养自体皮肤细胞转化为运动神经元细胞。这是人类迈出的一大步，亦证明了科技的力量。神奇的微观世界，你我看不见摸不着，但是铁一样地存在着。

突然，在欣喜于生物科技的同时，我脑中闪现出一丝对命运的担忧——生物科技的尽头是什么？

千里之外的北京，暖风吹弯了细柳枝、吹笑了天安门广场的蝴蝶花。

医生手中克隆出的皮肤细胞，以 2 的幂次方增长，一如你我最初的成形过程。

医生只从我肩头取下的那块皮肤中精选了一百颗细胞，通过一代代培养已变出几百万颗。

这一过程，医生仅用了一个月。

数以百万计的皮肤细胞生活在培养液中，在显微镜下有如非洲大草原雄赳赳气昂昂的水牛群。

医生加入了转录因子 ISL_1、LHX_3 和分子 microRNAs（miR-9 和 miR-124），接下来，皮肤细胞就开启了"变形"过程。

说明一下，转录因子 ISL_1 和 LHX_3 的作用是激活处在失活状态的基因，分子 microRNAs 的作用是参与遗传物质的重新包装。二者珠联璧合，皮肤细胞制造皮肤组织的遗传指令就得到了抑制，继而直接变形成了运动神经元细胞。

既然已成运动神经元细胞，自然就会表现出运动神经元细胞的特性。这是基因变化的结果。

经过两个月的漫长等待，我的渴望终于可以成为现实了！

第九章　科技造扁舟　渡我去彼岸

这一天，医生打来了电话。

"恭喜你们，你们可以来北京啦！"

父亲接到电话，难以抑制的喜悦之泪倾盆而出。

母亲更是情绪激动，一时间不知道该说什么。

隔天一大早，我们便踏上了光明之路。

车子还是两个月前的那辆车子，人也还是两个月前的那四个人，只是这一次的我们，较两个月前更为愉快，心里更为敞亮……

"我们已安排好了手术，明天早上九点。"医生拍拍我的肩膀，"今天好好休息。"然后，他的目光移向父亲："明天准时到这里，护士会指引你们怎么做的。"见我神色慌张，他安慰道："你不用这样子紧张，这手术比起你以前的开颅手术，真不算大手术！"

这一次，父亲选了一家宾馆，为的是让三个人住得舒服一些。

母亲也很开心，说住宾馆好，大不了多借点钱，让无忧好了自己还。

三个人目光对视，笑出了声。

宾馆那高端大气的大厅和光鲜亮丽的客服小姐，给了父母一个下马威——这是他们第一次走进这样的地方。

"……还有没有房间？……多少钱？"父亲怯怯地问道。

客服小姐余光扫一眼我们四人，傲慢道："我们的房间分标准间、商务间和高级间，价格各不相同，请问你们要住哪一种？"

显然，父亲被她的介绍搞晕，变得支支吾吾了。

司机上前道："两个标准间就好，谢谢！"

客服小姐盯着电脑一会儿，道："两个标准间，总共一千块，刷卡还是现金？"

父亲有些不忍心了，但为了顾全面子，他还是犹豫不决地刷了卡。

那一晚，父亲一直在耿耿于怀一千块。

母亲则显出不同寻常的豁达："没有事，只要孩子这一次能康复，那一千块又算得了什么呢？"

带一抹彩虹，入得梦之乡。

闭眼睁眼一刹那，已是霞光万丈明，天空彩云漫天飞，人间喜鹊竞相鸣。

那天是我命运的转折点，我理所当然地精神愉悦，就连到医院的时间，都大大提前于往日。

手术之前，我让母亲问医生："您是如何通过手术治愈渐冻症的？数以百万计的运动神经元细胞怎么用？"

医生惊奇地打量一眼母亲，道："首先，我们通过细胞培养技术，将人体的皮肤细胞转化为运动神经元细胞。其次，通过进化计算和高科技技术，将运动神经元细胞转换为'活体机器人'状态，这种活体机器人可实现自我定位，类似于GPS定位技术。再次，通过脊柱打孔，我们将这些活体机器人注入人体，在细胞自归巢、神经粘连和活体机器人运动三者的共同作用下，细胞很快便可以到达指定的位置。最后，再一次通过进化计算和高科技技术，我们将这些活体机器人还原成运动神经元细胞。还原后的运动神经元细胞，便可以控制人体的肌肉组织，一如人体原始的运动神经元细胞。"母亲一脸茫然，我却心领神会地点了点头。

医生示意两位助手将我送往手术室。

穿过一道长长的走廊，尽头是一台手术专用电梯，乘着电梯到下一层，我被推到一个宽敞的大厅。大厅之内，灯火通明，鸦雀无声，正中央是一台拥有四个屏幕的计算机，旁边则放着一个巨型金属桶，有如一个巨型高压锅。

通过其中一个计算机屏幕，医生可随时监测到金属桶内温度、压强和培养液浓度的变化。

另外三个屏幕，亦各有妙用，只是此时此刻，它们还是黑屏。

我被推到了计算机屏幕前。

医生将两个电极一样的东西分别贴在了我的额头和脚踝，然后，又连接了许多让人眼花缭乱的接线。

电脑屏幕的各项数据已然变成了我的人体数据。

最令我惊奇的是三个屏幕的读数并没有出现太大变化。可见，金属桶的环境是严格模仿了人体环境的。我只感觉到脚踝一阵刺痛……

再次醒来时，我已经躺在ICU的病床上。

"三号病床病人已苏醒。"护士边说边在笔记本上轻轻勾了一下。

原来，我已昏迷了整整三天三夜！

这三天三夜，世界发生了什么？股市是涨是跌？我不知道。我只知道，这三天三夜，我的身体发生了巨大的变化——从此以后，我将又会是一个正常人！想到正常人，我就举胳膊试了试力量，虽然比不上想象中那么灵活，却能在虚空里自由

第九章　科技造扁舟　渡我去彼岸

自在。我欣喜若狂！想象得到，我的父亲母亲肯定比我还要高兴！

注入我体内的数百万运动神经元细胞，成功实现了原始运动神经元细胞同样的功能！

我的神经系统已恢复了正常，但我的肌肉组织还需要一段时间来恢复——我需要通过康复训练和补充营养来辅助身体彻底恢复健康。

我心想，我必须尽快搬出这"总统套房"啊，这对我是极度的奢侈。

"转我去普通病房……"一如往常，我使足全身力气道。

不成想，我说话的声音惊动了护士。

护士立马斥责道，你轻一点儿，病房内禁止大声喧哗。

我有些尴尬，但更多的是喜悦。

我降低音量，继续道："护士小姐，转我去普通病房吧，我已经度过了危险期。"

我说话的流利程度，超乎了我的想象，虽然比不上正常人那般清晰和标准，但对我来说已经是一个质的飞越了。

许久之后，护士才答复我："你的情况还需要观察，怕出现反复。"

怕出现反复？护士的话让我心生寒意，遂怯怯地问："会有什么样的反复？"

护士说："不好说，譬如头疼、呕吐或是晕厥……都是有可能的。"

原来，她说的只是身体反应的副作用，我便也就放下了一颗悬起的心。

我渴望见到我的母亲，我要告诉她我能自由说话，以及我的快乐和幸福。

我想她一定高兴得像个孩子，手舞足蹈。我恢复健康是母亲多年来的唯一夙愿。我笑嘻嘻地看着这位护士，请求她将母亲带进来。但她语气温和地说现在不是探视时间。

"既然如此，那请你告诉我的妈妈，说我已经苏醒，而且说话很溜，可以吗？"

"好！那我就替你跑一趟……"

几天后，我坐在窗前，重新拿起久违的笔，在一张花香幽幽的纸上，写下一段话：

黎明已经到来，记忆重归。

窗外麻雀欢唱，院畔嫩柳拂风。

第九章　科技造扁舟　渡我去彼岸

我以回忆祭奠往事，我的经历让我自豪。

病魔已被埋葬在年月的牢里。

坚持闪闪发光，活着难能可贵。

病魔的死去就是我的重生。

埋葬病魔的地方，已有竹笋在探头。

啊，坚毅的竹林！将为我遮风挡雨，无论未来的日子多么风雨飘摇……

"感觉怎么样？"母亲喜笑颜开。

"很好。应该很快就可以下床了。"我流利地答道。

母亲擦了擦眼角的泪水，转而露出了暖暖的笑容。

半个月的营养补充和康复训练，让我的肌肉完全恢复了力量。

久违的轻便灵活，久违的随心所欲，久违的自由自在。

再次入得花花世界，我的快乐，一如曾经无奈时的痛苦，一样深刻。

一匹小马驹儿，初来乍到这个人世间，嗒嗒嗒的马蹄声，就是它对这个世界最好的赞美。

那一天，我足足吃了三大碗牛肉面。随心所欲地拿筷子夹菜、轻便灵活地剥去蒜皮，是我最得意的两个动作。

"你们不要跟着我，我想一个人走走……"吃饱喝足，我告诉父母。

父母没有搭理我，只是忙碌他们的。我感觉自己真正成了一个健全人！

走在阳光下，街边的苍翠泛着耀眼的光，我或小跑两步，或看看街边的曼妙，或赶脚步追一追前面的行人……一切，皆是想象中的那般美好。

搭乘地铁，我到了天安门。我漫步在天安门广场，从骄阳似火到残阳如血，直到母亲打来电话。

出院时，医生告诉我："由于此病仍未找到原因，所以你的运动神经元细胞依然在死亡……因此，你必须隔两年接受一次细胞注射。"这是我事先知道的事情，所以并没有惊讶、恐惧、沮丧。我相信，科学家很快会破解这一难题。

晚风悠悠，霓虹点染了生活。迫不及待地，我联系了杨雨薇。

劫后重生的我和杨雨薇去了神女峰，踏遍了五岳，最后一站去了腾格里沙漠。看着沙漠的生灵，我们都意识到：若是将

第九章　科技造扁舟　渡我去彼岸

腾格里沙漠和库木塔格沙漠叠在一起,将会有多少生灵因生存环境的改变而丧命。时势让我们退却了,我们选择彼此绿化自己的沙漠。

"爱,你好吗?"这一天,我给独孤爱打了个电话。

"你不是……难道你康复了吗?"她惊讶道。

"是的,我康复了!"我大笑道。清一清嗓子,我继续道:"你……嫁人了吗?"

"你终于想起来娶我了吗?我是你想娶就能娶的吗?对不起,已经嫁了。"

我倒吸一口凉气,默默挂断了电话。

说的也是,她怎么能耗得起呢?那可是整整九年的美好青春。嫁是合情合理又合法的,不嫁才是不合情不合理又不合法的。她嫁人,我可以理解,但内心还是空落落的。

许久之后,我打开手机,屏幕上赫然显示着一条她的消息。

"我曾经嫁人了,但后来又自由了。你打算什么时候来娶我?我惧怕了婚姻生活,但现在,想嫁给你试试。"

生平能触到我灵魂的情话不多,但她这条消息,彻底触到了我的灵魂。

我默默发誓：我会竭尽全力给她一生幸福。若有违背，天地不容。

隔年情人节，我便来到长沙，找寻她的芳踪。

较之当年，她更有女人味儿：面若羞桃花，腰似拂细柳，那乌溜溜的黑发、朱唇下的皓齿、月牙半弯的眼睛，都让我着迷。

她狠狠咬一口我的肩膀，嬉笑道："你这个大坏蛋，若是晚几天联系我，我就被我妈逼着嫁给别人了！"突然，她转为怨恨，道："你真是狠心！为什么不早联系我呢？我以为你已经忘记我了呢。"说着说着，她掉下了委屈的眼泪。我一手抱她，一手从背包里摸出一枝玫瑰花。她看到了玫瑰花，先是一愣，后破涕为笑。

"我们去领证吧？"

"都听你的。"

"往后余生，我每年情人节都会送你玫瑰花。"

秋日下午，阳光明媚，万物舒然，我牵着她的手，行走在郊外。

2029年伊始，万物吐新，来日如花，我已注射过两次运动神经元细胞。

此时,科学家宣布:找到了渐冻症病因,即各种各样的基因突变制造出毒性蛋白,进而杀死了运动神经元细胞;散发性渐冻症患者,清一色是线粒体基因突变。科学家还给出了彻底治疗的方案:用基因编辑消除疾病,对于晚期患者,还必须结合运动神经元细胞的脊髓注入。

自此以后,渐冻人便得到了永久的解放。

情人节当天,我带女儿走在长沙的大街上,用一颗诚心换取一生一世的美满幸福。

后记
我为什么写这本书

只要这世界还存在悲伤或绝望的负面情感,那么,这本书就是有其正面意义的。

当人与命运起冲突时,人要怎么战胜命运?我总觉得,这种疾病就是一种命运。

本书主要书写"渐冻症"患者的过程。这个过程充满矛盾,世事与命运是矛盾的;过程的最终实现了统一,世事与科技是统一的。那些你认为理所当然的一切,譬如,晨跑、写字、与人交谈……真的都是理所当然的吗?自幼居住在烟雨江南的人只识山明水秀,对沙尘滚滚的塞北沙漠不会有意识或难以想象!

2020年年初,一场人类与病毒的战争在武汉拉开序幕,新冠疫情肆虐,涌现出一位英雄。他是迎难而上的人,他是大公无私的人,他是可爱可敬的人……他的精神永远值得我们每一个人学习。他的另一个身份——"渐冻人"——让他的精神更加难能可贵！每当看到他颤颤巍巍走路的样子，我就极度渴望这种疾病能尽早被终结。

快乐是天上的白云，痛苦是脚下的土地。他们望着白云时，脚下踩着土地。

史蒂芬·霍金，响当当的人物。他是二十世纪享有国际盛誉的伟人，他是现代最伟大的物理学家，他的一本《时间简史》在历史的长河熠熠生辉。

张定宇，响当当的人物。他说，希望在大瘟疫肆虐的时刻，我能用残缺的身体燃烧出的微弱之光，疗愈世间的伤痛。他说的话，乍看是钢铁、是阳光，实则深藏着一丝无奈、一丝伤痛，那是面对疫情肆虐的钢铁与阳光，那是面对自己命运的无奈与伤痛。

史蒂芬·海伦伯格，响当当的人物。他是海洋生物学家、动画师，他的《海绵宝宝》给一代人带来了欢乐、带来了童年。

……

八年前，美国一个名为"冰桶挑战"的慈善赛风靡全球，许多名人明星甚至时任总统都接受了挑战。七年后，京东集团副总裁蔡磺先生发起"第二次冰桶挑战"慈善赛，目的是加速针对渐冻症的药物研发。

这些响当当的人物,和冰桶挑战的发起人之间有一个共同点——渐冻症。

患此病者,身体会进入逐步退化的过程,仿佛把你从婴儿时期到十五六岁的说话、走路、呼吸……肌肉控制的一切功能,倒着加速播放一遍。据数据显示,中国约有二十万渐冻症患者,他们都寂寂无闻,他们都默默承受着霍金的痛苦、张定宇的煎熬、海伦伯格的不适……

很是不巧!我就是这寂寂无闻的二十万人中的一员。

这个病的患病率有与彩票中奖不相上下的概率,我是不是很"幸运"呢?

无可奈何的命运!他们都是被它囚困于玻璃城的灵魂。我们看得见正常人的快乐,我们也看得见正常人的痛苦;正常人的快乐让人羡慕,正常人的痛苦却是那么可笑!我曾经的痛苦亦是那么可笑!——对于走过二万五千里的战士,坑坑洼洼的山路可不就是阳关大道吗?

你看,天空里有一道彩虹,杂糅事业的红、容颜的粉以及海洋的蓝。

各种各样的色彩汇聚成一道彩色的微笑。微笑就是幸福的模样。

五彩缤纷的微笑弯弯,驻留在太阳身边,高悬在白云之端。

蓝天湛湛,那是我梦中的眼睛;白云悠悠,那是我梦中的自由。

广袤的天空里,弯弯的彩虹在微笑,洁白的悠云在起舞。

健康,就是那道彩虹!

后来,我遇到一个人,她像观世音菩萨一样拯救了我……

她问我,你读过《钢铁是怎样炼成的》吗?有一句说:一个人的生命应该这样度过:当他回首往事的时候,不因虚度年华而悔恨,不因碌碌无为而羞愧。这样,在临死的时候,他才能够说:我的生命和全部的经历都献给世界上最壮丽的事业——为人类的解放而斗争!

杨雨薇让我长出一对翅膀。

我不能虚度地活着!

我选择将余生献给《重获新生》这部小说;它是我生命的写作,也是几十万"我"生命的写作。第一至三章,写命运一步步迫我远离花花世界,而我,却在不知情的情况下渴望回归;第四至六章,写命运真相大白,我与另一个我战斗的心路历程；第七至八章，写我们这个群体的现实生活——精神世界不会随着物理世界而变化；第九章，写借力科技战胜命运的美好愿景。

我想活着！我知道，科学家是我唯一的"摆渡人"；但是，科研需要有人推进！所以我希望通过这本书，让你了解这种病，更希望你能有所作为……